不想相親的我設下高門檻條件，結果同班同學成了婚約對象!? 6

櫻木櫻
插畫
clear

story by sakuragisakura
illustration by clear

Kadokawa Fantastic Novels

Contents

story by sakuragisakura
illustration by clear
designed by AFTERGLOW

第一章　和婚約對象吵架

暑假過後的開學日——

「……早安，愛理沙。」

由弦來到學校，向班上的少女打招呼。

亞麻色的頭髮、翠綠色的眼睛、凹凸有致的身材……相貌標緻的少女。

雪城愛理沙。

由弦的未婚妻兼戀人。

「啊，由弦同學……早安。」

聽見由弦的問候，愛理沙有點驚訝地回答。

由弦緊張得面色僵硬的臉上，浮現了笑容。

不過與此同時，愛理沙露出恍然大悟的表情。

她皺起眉頭……

「……當我沒說過。」

然後別過臉。

「那個，愛理沙……」
「……我不要理你。」
「別這樣……」
「……走開。請不要跟我說話。」
愛理沙邊說邊偷偷觀察由弦的表情。
她在等由弦跟她說什麼。
看起來是這樣。
而由弦的反應是……
「……是喔？那算了。」
轉身就走。
愛理沙睜大眼睛，露出有點悲傷的表情。
她張開美麗的嘴唇，對著由弦的背影欲言又止……
「……不理你了。」
最後扔下這句話，頭往旁邊一轉。
兩人坐在位子上，把手撐在桌上托著腮，別過頭互不相視。
不時偷偷觀察對方的表情……
碰巧四目相交的時候，會急忙移開目光。

疏遠的態度及對話內容，令他們的朋友——佐竹宗一郎和橘亞夜香面面相覷。
「難道……」
「他們吵架了？」
沒錯……
由弦和愛理沙正在冷戰。

※

午休時間。
（……今天也吃福利社的麵包啊。）
高瀨川由弦有點沮喪地嚼著麵包。
因為他的未婚妻——雪城愛理沙心情一直沒有好轉。
她總會在假日——平日也一樣——到由弦家玩，為他做飯。
上學日會來接他。
還會幫忙準備便當。
「喂，由——」
「幹嘛啦？」

由弦用不太耐煩的語氣，回問找他說話的人。
對方是他的朋友之一，佐竹宗一郎……
「你心情超差的耶。」
以及良善寺聖。
看到面帶苦笑的兩人，由弦一臉尷尬。
他後悔不小心表現出焦燥的心情了。這樣不符合他的作風。
「一起吃飯吧。」
「就我們幾個大男人。」
「……我現在沒那個心情。」
由弦冷淡地回答……
兩人擅自搬來自己的椅子，坐到他的座位旁邊拿出午餐。
由弦皺起眉頭，但他總不能把兩人的午餐掃到地上，只得默默任人擺布。
「你為什麼會跟愛理沙同學吵架？」
宗一郎一開口就向由弦提出這個問題。
由弦瞪大眼睛。
「……你怎麼看出來的？」
「正常人都看得出來吧。」

聖苦笑著回答。

那麼恩愛的兩人沒有一起上學。

不僅如此，還不跟對方說話。

由弦吃的不是愛妻便當，而是鹹麵包。

就算不是名偵探，也看得出情況不對。

「……我沒有錯。」

由弦像在辯解似的，對兩人說道。

為這點小事一直鬧彆扭的愛理沙才奇怪。

再說，他講的又沒錯。

他沒有不對。

即使有那麼一點，愛理沙的問題也比他更大。

……所以由弦不打算道歉。

「唉——我想也是。」

「我懂……女人超不講理的。」

宗一郎和聖對由弦表示贊同。

他們當然不知道兩人吵架的原因。

也無法想像。

不過，他們相信由弦不會做奇怪的事。

如果兩人起了爭執，肯定是雪城愛理沙不好。

……他們身為由弦朋友的「資歷」較深，會這麼判斷很正常。

「可是，總不能放著這個問題不解決吧。」

「有時候，男人明明覺得自己沒錯，還是得低頭道歉。不是嗎？」

宗一郎和聖像在勸導他一樣……

由弦露出複雜的表情。

自己不先道歉的話，肯定不會結束。

會永遠維持跟愛理沙冷戰的狀態。

他隱約察覺到了。

他也知道這樣下去，兩人可能會隨著時間經過斷絕關係。

……他不希望這種事發生。

然而……

「但我是為了愛理沙好……」

「好，那我聽你說。」

「說吧。我們來當裁判。」

宗一郎和聖笑著說道。

由弦覺得心情輕鬆了一點。

——所謂的友情和愛情，都是因為不會被金錢斬斷關係才顯得尊貴，緊要關頭時也才靠得住。

由弦想起父親以前說過的話。

「其實……」

※

（……由弦同學如果願意道歉，我馬上就會原諒他。）

雪城愛理沙對自己的未婚夫高瀨川由弦心存不滿。

兩人在數日前因為一件事爆發衝突。

自此之後，由弦和愛理沙就沒有好好說過話。

（幹嘛那麼堅持……）

愛理沙認為自己沒有錯。

錯的是講了那種話，要她做那種事的由弦。

至少如此相信的愛理沙並不打算主動道歉。

但要是由弦跟她道歉，她會選擇原諒。

她覺得由弦肯定會馬上道歉，體諒她的心情。

（呃，不過，還是由我主動好了……）

然而，由弦會這麼堅持「不向她道歉」，倒是出乎意料。

愛理沙已經心急如焚。

儘管只有短短幾天，不能跟由弦一起度過的日子實在太寂寞了。

除此之外，心裡還盤踞著難以言喻的不安與焦躁感。

……她怕由弦在這段期間被其他女生拐走。

（但、但是……）

唯獨這次，愛理沙很難承認自己有錯。

因為這等於認同由弦的主張是正確的。

愛理沙必須做她極度厭惡、排斥的行為。

她想避免這種事發生。

對她來說，那件事就是如此痛苦、令人反感，足以讓她猶豫要不要跟由弦和好。

（也不用道歉，只是一起吃個午餐的話……）

其實幫由弦做了便當的愛理沙，終於下定決心站起來。

她正想跟由弦搭話……

「小——愛——理——沙！」

「來玩吧！」
胸部突然被人抓住。
「哇！」
愛理沙忍不住尖叫。
轉頭一看，是愛理沙的朋友——橘亞夜香和上西千春。
「兩、兩位有什麼事？」
愛理沙紅著臉詢問，第三名少女回答：
「要不要一起吃午餐？」
天香將亞夜香和千春從愛理沙身上拉開，提議道。
愛理沙思考了一下……
「……好呀，沒問題。」
點頭答應。

「哎呀，我對自己的廚藝還算有信心……不過小愛理沙手藝也挺好的嘛？」
「比日式料理沒人贏得了妳耶。」
「這道燉小芋頭很好吃。」
三人邊說邊吃著愛理沙做的便當。

這是愛理沙為由弦做的——想等由弦道歉後再拿給他的——便當。

她覺得放著沒人吃也是浪費，於是拿出來給三人享用。

「沒那麼誇張啦……」

有人稱讚自己的廚藝，當然會高興。

愛理沙揚起嘴角……

「能每天吃到這麼美味的便當，由弦弦真幸福。」

「……」

卻又因為亞夜香這句話而垂下眉梢。

看到愛理沙再明顯不過的態度，三人互視一眼。

「愛理沙同學……你們為什麼要吵架？」

「咦……！妳、妳在說什麼？我、我和由弦同學沒在吵架！」

千春開門見山地問，愛理沙明顯亂了手腳。

見狀，天香露出苦笑……

「……沒人說妳吵架的對象是高瀨川同學喔？」

一語道破。

意識到難以蒙混過去的愛理沙，微微垂下肩膀。

「……發生了什麼事？小愛理沙。」

亞夜香柔聲詢問愛理沙。

愛理沙臉上浮現一絲迷惘……

「……妳們願意給我一些建議嗎？」

抬起視線詢問。

聞言──

「「「這還用說？」」」

三人異口同聲。

愛理沙覺得心情輕鬆了一點。

「只是小事而已……」

「嗯。」

「吵架的契機都是這樣啦。」

「然後呢然後呢？」

她有點支支吾吾地回答：

「該怎麼說呢？由弦同學好像希望我做不想做的事……」

聞言，三人同時把手放在額頭上，仰天長嘆。

──那個處男闖禍了……

她們臉上寫著這句話。

「高瀨川同學啊……給人的感覺挺紳士的說……」

「唉，男人終究是男人。」

「或許是他在負面意義上不再跟愛理沙同學客氣了。」

天香、亞夜香、千春紛紛推測。

愛理沙點頭附和三人。

「是的，然後……我跟他說我不想，他卻硬要我試試看……還調侃了我幾句……結果我們就吵架了……」

愛理沙斷斷續續地說明事情經過。

神情顯得十分煎熬，大概是聊著聊著，想起當時的感受了。

「嗚嗚……我都說不要了……」

「……由弦弦要妳做什麼？」

亞夜香面帶怒色。

竟然弄哭這麼可愛的女生！她一副義憤填膺的樣子。

「就、就是……」

愛理沙張開嘴。

巧的是……

正在和朋友吃午餐的由弦，剛好在同一時間開口。

「他叫我在流感疫情爆發前去打疫苗……」

「她說她不想打流感疫苗。」

「「「「……什麼？」」」」

「打針啦，打針！」

「她說她會怕打針！都長這麼大了！」

※

時間倒回至數日前……

「愛理沙煮的菜真的太好吃了。」

由弦吃著麵線嘀咕道。

愛理沙面露苦笑。

「……麵線由誰來煮都差不多吧？」

「與其說麵線，不如說是妳做的沾醬很美味。」

麵線是市售品，醬汁則是愛理沙以柴魚和昆布熬湯做成的。

跟市面上加水稀釋過的醬汁相比，鮮味及香氣有著些微差異。

正是這些微的差異使美味加倍。

「聽你這麼說，我很開心。」

由弦的讚美使愛理沙展露笑容。

她特地親手製作平常買市售品就能解決的醬汁。

其中當然有愛理沙的講究之處……

能得到他人的稱讚，應該很高興吧。

「不過……麵線的季節也差不多要結束了呢。」

「畢竟快要九月了。」

愛理沙點頭贊同由弦。

但最近到了九月還是有點熱，實在不像秋天。

推測還要等一個月以上，才能感覺到秋天的氣息。

「然後轉眼間就會入冬。」

「我會期待火鍋的。」

「……你會不會有點太急？」

在聽得見蟬鳴的季節聊火鍋，可謂操之過急。

「不過……我也很期待跟你一起度過冬天。」

「這又是為什麼？」

「……我們第一次以情侶的身分過冬嘛。」

由弦和愛理沙是從今年春天開始交往的。

因此，他們尚未經歷對情侶而言非常重要的冬季節日——例如耶誕節。

「而且還有校外教學。」

「校外教學啊……希望我們能分到同一組。」

可以的話最好睡同一間房。

由弦如此心想。可惜怎麼想校方都不可能允許。

期待也沒用。

「有很多有趣的活動呢！」

愛理沙開心地微笑。

看到她這麼高興，由弦的心情也跟著好起來。

不太喜歡冬天。

愛理沙的這句話已經是過去式。

由弦能實際感受到，是自己讓它成了過去……是自己給了她幸福。

「可是，得小心不要感冒。」

「下次輪到我照顧你了。」
「……假如我請妳幫我擦汗，妳會答應嗎？」
「咦？這、這個嘛……當然會……」
愛理沙臉頰微微泛紅，點了點頭。
大概是回憶起自己大膽的行為而覺得難為情吧。
或是不小心想像了由弦的裸體……
恐怕兩者皆是。
「哎，不感冒當然最好。」
「說、說得對！」
「我死都不想得流感，之後要去打疫苗才行。」
由弦的語氣輕描淡寫……
愛理沙的表情有點僵住。
「疫苗嗎……」
「嗯……妳每年也都會打吧？」
「不……那個……我……沒有打疫苗。」
由弦有點驚訝。
當然，由弦知道有人不會打流感疫苗……

不過，他同時也覺得會打疫苗的人比較多。
「為什麼……？妳是打疫苗容易身體不適的體質嗎？」
其實由弦也是打完疫苗會有點頭暈的體質。
雖然不至於昏倒，但身體會不太舒服。
「呃、呃……不知道耶？因為我有一段時間沒打針……」
「……為什麼？」
「因、因為……很可怕不是嗎？」
愛理沙略顯害羞地說。
都上高中了還會怕打針……
由弦心裡不禁浮現這個感想。
可是，愛理沙本來就有幼稚的一面，例如怕黑、不敢吃芥末。
這部分也很可愛。
由弦忍不住笑出來。
「……你在笑什麼？」
「沒有啦，只是覺得妳好可愛。」
被由弦揶揄的愛理沙似乎有點不開心。
她鼓起臉頰。

這種舉動也相當可愛。

可愛歸可愛……

「……可以的話，我希望妳去打疫苗。」

「……咦？為、為什麼！」

由弦咕噥著說。愛理沙則看似有些緊張地回問。

八成是沒料到他會講這種話。

「因為要是妳得了流感，我搞不好也會得……」

「這、這……小心點不就行了！」

「是沒錯，可是會中標的時候就是會中標……而且妳想想，今年也就算了，明年不是要考大學嗎？」

他可不想在重要的大考時期得流感。

在考試日生病就無法挽回了。即使是在那之前生病，要把身體狀況調整回來也不容易。

保持健康再好不過。

「呃、呃，可是……」

「要不要試著打一次看看？」

「不、不要！我會怕！」

「……最近沒那麼痛嘍？」

「騙人！被針刺怎麼可能不痛！」

「要不要我幫妳介紹打針不痛的地方？」

「絕對不要！」

「妳都上高中了，打針這點小事總該克服吧……」

「啊——聽不見。我聽不見！我什麼都不想管！」

愛理沙摀住耳朵，拔腿就逃。

為了說服她，由弦追在後面……

這就是他們起爭執的原因。

※

「就是這樣……」

「就是這樣……」

兩人的朋友幾乎在同一時間聽完由弦和愛理沙的說詞……

異口同聲地說。

「「「「有、有夠無聊……」」」」

※

「「有、有夠無聊……」」

宗一郎和聖同時傻眼。

由弦急忙辯解。

「哎、哎唷……我也有同感，所以……你們不覺得為了這種無聊小事鬧脾氣的愛理沙很奇怪嗎？」

「你也在鬧脾氣啊……」

「……她不想打又不會怎麼樣。即使打了疫苗，會中標的時候就是會中標。」

宗一郎和聖的發言令由弦微微皺眉。

他接著解釋：

「沒有啊……我沒有逼她，只是建議而已。不想打就算了……我有這樣跟她說過喔。可是愛理沙聽了，又對我怒吼……」

你那是什麼語氣！

由弦想起臉變得更臭的愛理沙。

「唔……是嗎？既然沒有逼她，錯就不在你身上了……」

聽完由弦的主張，聖對由弦表示同情。

宗一郎則大嘆一口氣。

「唉……你們兩個不懂啊。」

「……不懂什麼？」

「女人心。」

「「……」」

因為我們是男人啊。

宗一郎和聖同時露出這種表情。

「女生會希望別人跟自己產生共感。像你這個情況，愛理沙同學是希望你理解她怕打針的心情，用『既然妳這樣想，那就這樣吧，反正不關我的事』這種語氣跟她說話，她當然會生氣。逼她打疫苗還比較好。」

建議她打疫苗。

換個角度想，也可以說是關心她的身體及健康，為她著想。

相對的，「不想打就算了」等於是在說「妳打不打疫苗都不關我的事」。

這是宗一郎的看法。

「原、原來如此……真是深奧。」

經他這麼一說，由弦的語氣或許真的有點差。

說不定傷到了愛理沙。
由弦暗自反省。
「……那麼……那個，我該怎麼辦？」
「先跟她道歉，然後說明你是出於關心才那樣說的，重新解釋一遍你並沒有要逼她的意思。」
「呃，我不是指這個……」
我想問的不是這件事。
聽出由弦的話中含意，宗一郎皺起眉頭。
「那你想問的是？」
「……要怎麼開口跟愛理沙說話？」
由弦略顯害羞地搔著臉頰。
想道歉卻開不了口。
對由弦而言，這才是最大的難關。
道歉的內容則是其次。
「……這點小事自己想。」
宗一郎傻眼地回答由弦窩囊的發言。

道歉的方式，除了跟對方說「對不起」外別無他法。
給不了什麼建議。
「別、別這麼說啦……欸，聖，你覺得我該怎麼辦？」
「咦？啊，嗯——我想想……」
被由弦點名的聖把手放在下巴，陷入沉思。
硬要說的話，聖會被分類成跟由弦同類的人……「不懂女人心的人」。
而且他同樣缺乏戀愛經驗。
正因如此，他能體會由弦「想跟喜歡的女生道歉，卻開不了口」的心情。
「不敢當面講的話……傳訊息怎麼樣？」
「傳訊息嗎……？可是，她會不會覺得這樣沒誠意？」
「嗯——那問她有話想跟她說，能不能借點時間如何？……訊息送出後，就不得不道歉了吧？」
「這……說得也是。」
某種意義上，這個策略可謂背水一戰……
考慮到由弦現在最缺乏的就是勇氣及覺悟，感覺是個好計策。
「那就這麼定了。上吧。」
「好，知道了……咦，現在？」

「不現在傳的話，你會一直拖吧。」
「呃、呃，可是我還沒做好心理準備……」
「快點啦。」
在聖的催促下，由弦望向宗一郎求助。
宗一郎的反應是……
「要是不想傳訊息，現在直接去跟她道歉不就得了？」
見死不救。
「……知道了啦。」
由弦做好覺悟，拿出手機。
輸入要傳給愛理沙的文字，反覆修正……
五分鐘後，他將打好的訊息拿給宗一郎跟聖看。
「如何？」
——今天放學後，我有話想跟妳說。
想了那麼久，內容卻非常簡單平淡。
宗一郎和聖一同點頭。
「還行吧？」
「快點送出啦。」

「……好。」

由弦按下傳送鍵。

然後盯著螢幕……

「哇啊啊啊！」

「……怎麼了？」

「發生什麼事！」

「已、已讀了……」

由弦下意識倒抽一口氣。

已讀代表愛理沙已經看過由弦發送的訊息。

如此一來就非得跟她道歉不可了。

「……」

然而，愛理沙遲遲沒有回應。

由弦的背滲出冷汗。

……她會不會不想再理他了？

這樣的不安浮現腦海。

「喂、喂……我被甩掉了嗎？」

「才過不到一分鐘吧。」

「她八成也在煩惱該怎麼回。再等一下啦。」

由弦跟焦躁與不安奮戰了約五分鐘……

「哇啊啊啊！」

「……怎麼了？」

「發生什麼事？」

他用顫抖的聲音回答宗一郎和聖。

「……她回了。」

——我知道了。

螢幕上顯示著短短一行字。

※

「「「有、有夠無聊……」」」

亞夜香她們異口同聲地說。

吵架的契機很無聊，對話內容也很無聊。

還以為有多嚴重呢——三人如此心想。

「竟、竟然說無聊……我、我可是很認真的！」

愛理沙著急地訴說。亞夜香聳聳肩膀回答：

「入冬後去打疫苗就好啦。好，問題解決。」

「就說我不想打針了！」

千春詢問表明決心的愛理沙：

「愛理沙同學是反疫苗派嗎？」

「倒、倒也不是……」

接著換天香詢問：

「那妳為什麼不想打疫苗？」

「因、因為……很、很痛耶……」

三人心想「我想也是」。

她們同樣會打疫苗，但並不喜歡。

她們知道有人討厭打針。

「哎呀，是無所謂啦，畢竟不打也不會死，打了也未必不會中標。要不要打疫苗是妳的自由……由弦弦有逼妳打嗎？」

根據愛理沙的說法，由弦似乎想逼她打疫苗。

不過，就亞夜香這個青梅竹馬所知，高瀨川由弦並非那種人。

他可能會硬摸愛理沙的胸部，卻不是會逼人打疫苗的人。

……另外，覺得他可能會硬摸愛理沙的胸部，是因為亞夜香自己想摸。
「不、不是的……他沒有逼我……」
「那是什麼情況？」
千春面露疑惑。
「他嘆著氣說『不想打就算了』。怎麼說呢，這句話害我心裡悶悶的……」
「啊——嗯，是會有點火大沒錯。」
天香點頭附和愛理沙。
沒有同理她怕打針所以不想打疫苗的心情，只是懶得繼續跟她溝通。
被用這種態度對待，確實會不高興。
……可是說實話，天香也無法理解因為怕打針就跟男朋友吵架的女人在想什麼。
「我說我怕黑的時候，他明明願意陪我一起睡……」
「妳放閃放得很自然喔。」
動不動就曬恩愛的愛理沙，令千春一臉無奈。
她覺得既然兩人感情那麼好，趕快去打個疫苗重修舊好不就得了？
「我們不是不能明白妳的心情，但由弦弦肯定無法理解喔？」
「……他果然不懂嗎？」

「因為他是男人嘛。最好當成沒有直接說出口的想法，他只會懂一成。」
亞夜香聳著肩膀說道。
愛理沙則垂下肩膀。
「嗯、嗯……那我該怎麼辦……」
「只能直接跟他說嘍？」
天香開口提議，愛理沙卻搖搖頭。
「事到如今……我開不了口。」
「哪有這種事？不講明白他就不會懂不是嗎？勸妳最好說清楚……」
「……要是他覺得我很難搞怎麼辦？」
妳已經夠難搞了。
三人沒有將這句話說出口。
所謂的人際關係，並非什麼都能直說。
然而，有些事即使不明講，對方也察覺得到……
「……我果然是個難搞的女人。」
「「「……」」」
三人一語不發。
她們默認了。

愛理沙輕聲嘆息……

手機在同時響起。

「這種時候是誰……咿！」

愛理沙忍不住尖叫。

亞夜香等人詢問她怎麼了。愛理沙面色僵硬，默默拿起手機給三人看。

——今天放學後，我有話想跟妳說。

是由弦傳的訊息。

「太好了，小愛理沙……由弦弦要跟妳道歉了吧？」

對耶，那邊有宗一郎和聖負責……

亞夜香如此心想，對愛理沙說道。

那兩人很可能察覺到愛理沙的心情，並為由弦說明。

「是、是嗎……」

「沒有其他可能了吧……妳在擔心什麼？」

天香問。愛理沙帶著極度不安的表情回答：

「……也可能是要跟我提分手。」

「哎，我想不會啦。不過，如果妳不想跟他分手，更應該聽聽他想說什麼……快點回覆比較好吧？」

「咦，啊，好的！」
聽見千春的忠告，愛理沙恍然大悟。
她用顫抖的手指輸入文字，然後又刪掉。
反覆修改了好幾次……
——我知道了。
「這、這樣……可以嗎？」
「可以吧？」
「那、那，我要送出嘍……？」
「妳就送出吧？」
「是不是該寫仔細一點……」
「與其想那麼多，最好快回覆他吧？希望他不要覺得妳已讀不回……」
「我、我現在就送出！」
就這樣，愛理沙傳了訊息給由弦。

※

放學後……

「啊——呃，那個……愛理沙。」

開完班會，由弦等了一下才去找愛理沙。

「……嗯。」

愛理沙簡短回答，抬頭注視由弦的臉。

由弦發現她在催促自己說下去，有點緊張。

……因為他完全沒考慮之後要怎麼辦。

「那個……要不要一起回家？……在這邊不方便說話。」

由弦實在沒有勇氣在人還沒走光的教室跟她道歉和解釋。

愛理沙應該也不會希望他們的私事被其他人聽見，他才做出這樣的判斷。

「……」

沉默了片刻後……

「好的。」

愛理沙點頭答應。

由弦和愛理沙並肩邁步而出。

他們先走出校門，然後沿著兩人平常回家的路線走了一段路……

（之、之後要怎麼做……）

由弦絞盡腦汁。

他覺得在放學途中的公共道路上道歉並不合適。

……宗一郎和亞夜香他們八成會叫他別囉嗦那麼多，快點道歉吧。

簡單地說，由弦還沒做好覺悟。

「……」

他偷瞄了愛理沙一眼。

愛理沙卻一直低著頭，看不見她的表情。

由弦接著觀察周圍的景色。

在附近發現一間咖啡廳。

「……愛理沙。」

「嗯。」

聽見由弦的呼喚，愛理沙猛然抬頭。

由弦指著咖啡廳，詢問緊張得面色僵硬的愛理沙。

「要不要進去坐坐？」

（……吃完了。）

吃完蛋糕，由弦喝著咖啡心想。

踏進店裡到吃完蛋糕的這段時間，兩人一句話都沒說。

（不能一直逃避……）
由弦放下杯子，面向愛理沙。
正好跟她對上視線。
由弦嚇得心跳加速。
但他壓抑住緊張的心情，張開嘴。
「「那、那個……」」
愛理沙也在同時開口。
兩人急忙閉上嘴巴。
過了一會兒……
「幹嘛……？」
「你要說什麼……？」
又在同樣的時機開口。
「妳、妳先說……」
「沒關係……你先說……是你約我的吧？」
「……說得也是。」
由弦點點頭。
他抬頭仰望天花板，接著重新面對愛理沙……

「對不起，我沒有好好理解妳的感受。」

向她道歉。

「那個……我實在沒有要逼妳的意思，如果妳會怕，我真的覺得不需要勉強……呃——我只是想給妳一點建議……」

事先想好各種版本的道歉文，已經被由弦忘得一乾二淨。

他像在辯解似的拚命說明，傳達自身的想法……

以及想跟愛理沙和好的心情。

愛理沙聽了……

「不會，我也……很抱歉。」

低頭道歉。

「那個，身為一個高中生……還會怕打針……我覺得很丟臉。該怎麼說，我擅自有種被人嘲笑的感覺……真的對不起。為這麼無聊的事鬧脾氣……我很幼稚吧？」

愛理沙害臊地說。

由弦對她搖搖頭。

「才不會。」

「……你真的覺得不會嗎？」

「咦——啊——呃，也不是完全不覺得……」

他的目光有點動搖。
「不過，這一點也很可愛……」
「……你果然在笑我吧？」
「妳、妳誤會了……不是那個意思……」
「呵呵……」
見由弦著急地準備解釋，愛理沙掩嘴笑了出來，看起來心情很好。
他發現自己被耍了，有點不高興。
「……可是，上高中了還怕打針，真的有點那個耶？」
「我可不想被上高中了還不會自己整理房間的人說。」
「沒、沒有啦……我最近都收拾得很整齊！」
「騙人。你都是在我去之前才把東西通通塞進壁櫥吧？」
「才、才不是……」
把散落一地的東西硬塞進櫃子，用掃地機器人稍微打掃一下，蒙混過去。
這就是由弦的打掃方式。
表面上乾乾淨淨，因此他以為能瞞過愛理沙……
但似乎被看穿了。
「由弦同學沒有我就不行呢。」

「是、是啦，我不否認……但我自認比之前進步了……」
「那現在就去檢查吧。」
「咦？現、現在……？」
「不行嗎？」
「不是不行……那個，給我十分鐘……」
「……聽你這樣說，你果然沒有好好整理吧。」
「沒、沒有啦……」
就這樣，兩人和好了。

閒話　婚約對象和記念和好的約會

來約會記念和好吧。

由弦和愛理沙之間產生了這樣的共識。

硬要說的話，只是拿「和好」當成約會的名目……

先不論這點。

問題在於場所。

「妳想去哪裡？」

「嗯……沒有特別想去的地方。你呢？」

「只要是跟妳在一起，去哪都行。」

「意思是你也沒有特別想去的地方嘍。」

他們想不到要去哪。

美術館、博物館、水族館，附近這些不用花太多錢就能利用的設施，他們已經去過好幾次了。

當然不至於玩膩。不過既然是難得的「紀念」，便想去有點特別的地方——這才是他們的真心話。

「先來查查看有沒有好玩的地方吧。」

「說得也是。」

兩人開始用手機搜尋。

〇〇站附近　約會地點　推薦。

查著查著……

「唔……」

「怎麼了？愛理沙。」

「……這裡如何？」

愛理沙拿起手機給由弦看。

那是離家最近的車站約兩站遠的咖啡廳。

然而不是一般的咖啡廳。

「貓咪咖啡廳啊。」

由弦喃喃說道，望向愛理沙的臉。

愛理沙興奮地盯著由弦。

看得出她的眼神在訴說——「好想去！」

「你、你覺得呢？」

「好像滿好玩的，就去這裡吧。」

雖然比起貓，由弦更喜歡狗，不過他也不討厭貓。

沒有反對的理由，他於是用力點頭。

「謝謝你！」

由弦的回答，令愛理沙樂得兩眼發光。

※

當天，兩人來到貓咪咖啡廳。

店內是開放式空間，到處都有貓昂首闊步。

「哇哇……由弦同學！有貓咪耶！」

愛理沙激動地拉扯由弦的衣服。

這裡是貓咪咖啡廳，有貓不是很正常嗎？

由弦心裡這麼想，但其實他也有點興奮。

他也是第一次被這麼多貓包圍。

另外，摸貓區和用餐區好像是分開的……

不能邊摸貓邊吃飯。

兩人的目的不是餐點，而是貓咪。
因此他們沒有吃東西，直線走向摸貓區。
兩人先隨便找了個位子坐，觀察貓咪。
貓咪並未理會由弦和愛理沙，悠閒地做著自己的事。
「可、可以摸對不對？」
「可以吧？」
禁止追貓、禁止硬要摸貓、禁止勉強把貓抱起來……
儘管店員叮嚀過他們，卻沒有說不能主動接近。
再說，店員有事先跟兩人說明摸貓的訣竅是「視線配合貓的高度，慢慢靠近牠們」，由此可見，店裡的規矩是以客人會主動摸貓為前提制定的。
（而且不主動接近的話絕對摸不到貓吧……）
由弦不認為這家店會有親人到走過來讓陌生人摸的貓。
愛理沙在由弦的注視下走近貓咪……
貓咪們抬頭看了愛理沙的臉一眼，迅速遠離她。
每當貓咪做出這種反應，愛理沙都會面露不甘。
（貓就是這種生物……）
還是狗比較親人，更符合他的喜好。

在由弦心想之際……
「嗯……？」
有東西碰到他的腿。
低頭一看，一隻貓在抓由弦的褲子。
他姑且穿了被貓抓也沒關係的衣服過來，但這不代表他想要被抓。
「那個，可以請你不要這樣嗎……」
由弦向貓咪抱怨，可惜貓不可能聽得懂他的話。
他從座位上起身，蹲下來想把貓趕走……
「噢、噢……」
結果那隻貓直接跳到他的大腿上。
大搖大擺地開始休息。
「是在叫我陪牠玩……？」
由弦先試著輕輕撫摸貓咪的頭。
貓咪不僅沒有排斥，還打了個大哈欠。
「由、由弦同學……？」
這時，愛理沙走了過來。
她神情憔悴地詢問由弦：

「你、你怎麼辦到的……？」
「我也不知道……」
是貓自己湊過來的。
愛理沙聽了，一臉「我不能接受！」的樣子。
「我……是會被貓討厭的類型嗎……？」
由弦苦笑著對愁眉苦臉的愛理沙說：
「哎、哎呀……貓是難以捉摸的生物嘛……先摸摸看再說？」
「……牠不會跑掉吧？」
「擔心這個也沒意義。」
愛理沙露出下定決心的表情。
她緩慢而慎重地把手伸向由弦腿上的貓。
然後溫柔撫摸……
「好、好可愛……」
貓咪沒有跑掉。
依舊在由弦腿上休息。
不曉得是貓沒跑掉讓她心情轉好，還是產生了自信……
愛理沙的動作愈來愈大膽。

「哇……牠剛才發出呼嚕聲了！」

她高興地微笑。

跟平常對由弦展露的笑容有點差異，是帶了點傻氣的陶醉表情。

不過和摸貓摸得樂不可支的愛理沙相反……

由弦有點無聊。

兩個人一起摸的話，貓咪會不開心吧。

可是附近沒有別的貓，這隻貓又趴在腿上，他不能離開這裡去找其他貓玩。

現在這樣他有點閒。

於是，由弦決定去摸其他東西。

「……由弦同學？」

愛理沙一臉困惑。

因為由弦在摸她的頭。

「別管我。」

由弦邊說邊用各種方式撫摸愛理沙。

來回摸頭、梳她的頭髮……

然後摸到臉頰、脖子、下巴。

「由、由弦同學……那、那個……」

愛理沙紅著臉，害羞地扭來扭去。
但她並未抵抗。
不曉得是怕嚇到貓，還是……
「會不舒服嗎？會的話我就不摸了……」
由弦摸著愛理沙紅通通的耳朵。
柔軟的耳垂摸起來非常舒服。
「是、是不會不舒服……」
她害臊地扭動身軀。
既然愛理沙不排斥，由弦便大膽地繼續摸她。
她還是很癢很難為情的樣子……
卻沒有拒絕由弦。
就這樣，愛理沙一直在摸貓，由弦則一直在摸愛理沙。

結束約會的回家路上……
「貓咪咖啡廳滿好玩的。」
由弦滿足地對愛理沙說。
愛理沙也露出心滿意足的表情，不過……

「……你根本都在摸我，沒有摸貓吧。」

她苦笑著對由弦說。

「因為妳比貓可愛嘛。」

「……討厭，你在說什麼啦？」

愛理沙一臉無奈。

但得到「比貓可愛」的評價，她似乎並不反感。

在愛理沙心中，貓是最可愛的動物，所以比貓可愛可以說是最大的稱讚。

「想摸我的話……不用去貓咪咖啡廳，你想怎麼摸就怎麼摸呀。」

「真的嗎？什麼時候都可以……？什麼地方都可以……？摸哪裡都可以……？」

由弦動著手指詢問……愛理沙迅速遠離他。

接著遮住胸部瞪向由弦。

「還、還是有限制的！有其他人看的地方，或是那種場合下不行……也不能摸色色的部位！」

「我沒有說我要摸色色的部位啊……」

妳在自掘墳墓嗎？

由弦的語氣彷彿這樣問著，愛理沙頓時紅了臉。

「因、因為……由弦同學是好色的人，不先禁止的話你一定會去摸！」

「把我講成這樣……」

兩人聊著聊著，抵達愛理沙家前面。

「謝謝你送我回來。」

「不客氣。明天見。」

由弦向她道別……

愛理沙卻沒有要回家的跡象。

她偷偷觀察由弦的臉色……

過了沒多久，她主動展開雙臂。

「……你還沒給我再見的抱抱。」

「啊，對喔。」

由弦刻意這麼說，抱緊愛理沙。

抱了一陣子，愛理沙抬頭盯著由弦的臉。

「怎麼了？」

「呃，那個……」

只見愛理沙神情羞澀，扭扭捏捏的。

一直吊她胃口也滿可憐的，因此由弦詢問愛理沙：

「再見的親親……？」

愛理沙默默點了點頭，輕輕閉上眼睛，踮起腳尖。

由弦扶著她的身體……

輕吻她的嘴唇。

他放開愛理沙，跟她拉開一些距離。

愛理沙臉紅得有如番茄。

「那麼，重來一次……明天見。」

「好的……由弦同學。」

道別完後，由弦背對愛理沙轉身離去。

「……」

愛理沙看著由弦的背影，一語不發。

她用手指摸著嘴唇，表情有點欲求不滿……

由弦沒有發現。

※

由弦和愛理沙「重修舊好」的數日後。

午休時間，由弦正和宗一郎、聖一起吃午餐。

當然不是因為跟愛理沙吵架了。
事實上，由弦今天的午餐是愛理沙親手做的便當。
對由弦和愛理沙而言，跟朋友相處也很重要，而且，偶爾總會有想和同性朋友聚一聚的時候。
「所以你們和好嘍？」
由弦點頭回答聖。
「嗯……害你們操心了。謝啦。」
由弦向兩人道謝……宗一郎用力點頭。
「真是的……我們家可是以兩位會結婚為前提，考慮了很多事喔。」
宗一郎家——佐竹家同樣和高瀨川家關係密切。
說起來，宗一郎的弟弟就是由弦妹妹的未婚夫人選。
既然佐竹也以由弦和愛理沙——高瀨川家和天城家的政治婚姻為前提行事，這個大前提要是被推翻，想必會影響他們今後的行動。
「……又沒嚴重到要解除婚約。」
話雖如此，由弦實在不認為有必要擔心成這樣。
他們確實鬧得有點僵……可是還不到解除婚約的地步。
他在吵架期間煩惱過會不會解除婚約是事實，不過如今回想起來，根本沒什麼大不了。

……由弦這麼認為。

「都是多虧我們的幫助，才不至於發展成那樣吧？」

「是誰擔心自己被甩的啊？」

「這個嘛……嗯、嗯——」

面對宗一郎和聖的吐槽，由弦無言以對。

他很想堅持這是杞人憂天，但之前擔心這種事發生的人，正是由弦自己，因此他無法反駁。

「是說，她決定打疫苗了嗎？」

「……做決定的是愛理沙，我只是提供建議而已。」

由弦露出尷尬的笑容回答聖。

簡單而言，「疫苗問題」被擱置了。

宗一郎和聖不禁苦笑。

然而對他們來說，重點在於由弦和愛理沙是否和好如初，至於兩個人要不要打疫苗則無關緊要。

剩下隨便你們這對笨蛋情侶要怎麼鬧吧。這才是他們真正的想法。

「總之，你跟愛理沙同學進展得不錯嘍？」

不會又因為打針吵架吧？

宗一郎再次向由弦確認。
「嗯、嗯……還行吧……」
由弦回答得有點支支吾吾。
兩人同時皺眉。
「還有問題嗎？」
「繼打針之後又怎麼了？」
又為了雞皮蒜皮的小事吵架？
見兩人起了疑心，由弦急忙否定。
「不、不是啦，我們沒有吵架……之前還去了貓咪咖啡廳約會，摸了愛理沙。」
「去摸貓啦。」
「少給我突然放閃。」
「別嫉妒。」
聽見由弦這麼說，宗一郎和聖一同瞪向由弦。
我只是開個玩笑……由弦聳聳肩膀。
「該怎麼說……不是什麼大問題啦。我和愛理沙的婚約……是政治婚姻吧？」
「對啊。」
「怎麼了嗎？」

「呃，愛理沙好像以為是戀愛結婚……我想說『喔，原來她是這樣想的』……就只是這樣而已……」

對由弦來說，兩人的婚約是「政治婚姻」，是由家人決定的。

當然，最後決定與愛理沙共度一生的是由弦，這是事實。

其中有著他堅定的意志。

即使是家人的決定、即使這場婚姻會帶來利益，他也無法跟討厭的對象共度一生。

除此之外，就算父母現在叫他跟愛理沙分手，他也不打算答應。

在由弦心中，兩人的關係已經超越「政治婚姻」、「家人挑的婚約對象」。

所以將其視為戀愛結婚並沒有錯，不如說是正確的。

然而……

儘管如此，前提終究建立在「政治婚姻」上，這個要素也依然存在。

這是由弦的想法。

「嗯？……可是，你們都對對方抱持戀愛感情吧？愛理沙同學的想法並不奇怪，不如說挺正常的，不是嗎？」

不知道由弦在在意什麼。

聖一臉疑惑。由弦也歪著頭向他說明。

「是沒錯，我覺得戀愛結婚同樣適用於我和愛理沙身上。不過……不代表這不是政治婚姻。呃——就是說……」
由弦也搞不太清楚自己在在意什麼。
但是，愛理沙的觀念和自己的觀念……有點出入。
這種感覺揮之不去。
「……明明也有政治婚姻的要素，她卻否定那是政治婚姻。你不懂的是這個嗎？」
宗一郎用手托著下巴，詢問由弦。
由弦想了一下……點點頭。
「……對，大概是。」
他想起之前跟愛理沙的對話……想起那股異樣感，使他察覺細微認知差異的對話。
當時，由弦對愛理沙說：「我們不也是政治婚姻嗎？」
愛理沙則反駁道：「不是政治婚姻，是戀愛結婚吧？」
簡而言之……
「我在意的是，對愛理沙來說……政治婚姻和戀愛結婚是不是反義詞啊？」
在由弦心中，兩者是可以並存的。
在愛理沙心中，兩者卻互相矛盾。
他們的認知差異恐怕就在於此。
「確實……怪怪的。可以理解她想強調戀愛感情，不過因為這樣就否定政治方面的要素，好像也不太對。」

宗一郎對由弦表示贊同。

看來他們意見相同。

可是……

「呃……倒也沒有那麼奇怪吧？一般而言……戀愛結婚的反義詞，不就是相親或政治婚姻？」

是我有問題嗎？聖邊說邊在內心懷疑自己的價值觀。

的確，相親、政治婚姻未必不會對對方產生戀愛感情。

不過……

「……畢竟現在這個時代通常是戀愛結婚，只有你家有著結婚對象要由爸媽挑的傳統吧。」

他轉念一想，判斷以一般人的角度來看，自己的觀念應該是正確的。

戀愛結婚和政治婚姻的差異，照理說是結婚的主要目的。

前者是基於兩人的戀愛感情，後者是家族或經濟上的利益。

儘管不能說沒有同時存在著戀愛感情與經濟利益的可能性，但究竟是戀愛結婚或政治婚姻，只能二擇一。

理應能藉由何者較為強烈來區分清楚。

「嗯、嗯——以一般人的角度來看是沒錯……」

由弦也明白自己的家庭比較特殊。

聽人這麼一說，他忍不住懷疑是不是自己有問題。

「這部分就是個人的解釋不同嘍。簡單地說，愛理沙同學看待你們的關係時，想強調戀愛的成分……對吧？既非因為金錢，也不是出於家人的決定。你不也一樣？」

「唔，嗯……說得也是。」

由弦贊同宗一郎的論點。

由弦和愛理沙都認為兩人是藉由戀愛感情牢牢連繫在一起的。

他們的認知差異，純粹是對詞意的理解不同。

由弦下了結論。

「是說，為什麼講到這個？」

「嗯？喔……小千春之前向我提議……讓她的小孩和我們的小孩訂婚，說不定能向眾人證明上西和高瀨川的關係已經修復了。」

高瀨川家跟上西家的關係之差，還算滿有名的。

由弦和千春感情當然不差，可是……

個人和家族的關係是兩碼子事。

「她也太急了。不愧是上西……就古板這方面來說，跟高瀨川家有得拚。你們兩家關係不好，果然是同類相斥吧？」

「……對不起喔，我家那麼古板。」

由弦因為宗一郎的用詞皺起眉頭。

被人說古板，感覺不會好到哪去……他卻無法否認。

「可是以上西和高瀨川結為姻親作為時代改變的象徵，似乎還不錯。除了手段很老套以外……」

「慢著慢著。小孩都還沒出生，不如說連婚都還沒結，別幫未來的小孩決定對象啦……在你們那個圈子，這很正常嗎？」

古板歸古板，這個主意並不壞。

宗一郎表示贊成，聖則有點緊張地打斷他說話。

表情顯露出一絲困惑。

由弦和宗一郎面面相覷……

露出苦笑。

「怎麼可能？」

「只是『如果他們能結婚就太好了』……這種程度而已。」

「是、是喔？」

不對，光是會拿尚未誕生的小孩出來討論，就已經叫「精打細算」了……

他們的價值觀果然跟一般人不一樣吧？

聖如此心想……

由弦和宗一郎兩人卻不覺得有問題的樣子，於是他決定閉上嘴巴。

（原來如此。愛理沙同學……感覺會很辛苦……）

聖面露苦笑。

由弦和宗一郎兩人都沒察覺到他的想法。

第二章　婚約對象和打工

高瀨川由弦有在打工。

因為家人讓他自己一個人住的條件，是「最基本的生活費要自己賺」。

由弦本來是不用搬出來住的。

這種多餘的開銷就該自己賺。

……這是家人的主張。

然而，對由弦來說，手邊有能夠自由使用的錢未必不好。

而且能體驗各種工作，他也覺得很愉快。

這一天，由弦在男更衣室換上制服，準備上班……

「欸欸，你跟女友之後怎麼樣了？」

突然被一名相貌中性的男子叫住。

男子名為長谷川光海。

是由弦的老闆，這家餐廳的店長。

也是由弦母親的老朋友。

「嗯，我們順利和好了。」

「這樣啊。那就好。」

光海露出親切的微笑。

然後……在由弦耳邊竊竊私語。

「話說回來，你們進展到哪個階段了？」

「……哪個階段？」

「這還用問嗎？ABC哪個階段？」

「好有大叔味的問法。」

「我就是大叔嘛。」

光海看似年輕，其實跟由弦的母親年齡相仿。

順帶一提，別看他這樣，他已經結婚了。

有兩個兒子。

這家餐廳生意還算不錯，店長有家室並不奇怪。

「……A是親嘴嗎？」

「哎，對啊。」

「那有到A了。」

「……B呢？」

「B是……到什麼樣的程度？」

「沒把那東西插進去的愛撫。」

「這……再怎麼說都太早了吧？」

聽見由弦的回答，光海瞪大眼睛。

他驚訝地摀住嘴巴。

「最近的年輕人都進展滿快的，我還以為你們肯定到B了。」

「我有在遵守分寸。」

「那樣是也不壞，不過顧慮太多會被討厭喔。」

「……不是我太晚熟的關係啦。雖然我也沒那個信心斷言。」

由弦也是男高中生。

或許他的家世和戀愛關係有點——不對，是非常特殊，但他的慾望跟一般人一樣。

當然會想跟戀人做各種事。

不過……

「女友偏晚熟嗎？」

「嗯……差不多吧？」

最近有時候也會覺得並非如此就是了……

由弦邊想邊回答。光海點頭表示理解。

「是嗎？我還以為那孩子很大膽……」

「……我跟您介紹過她嗎？」

光海講得好像他親眼見過愛理沙，由弦不禁感到疑惑。

光海連忙搖頭。

「怎、怎麼會……這樣呀，她比較晚熟……一定是好人家的女兒吧？畢竟是你的女朋友嘛。」

「這個嘛……」

由弦點點頭，沒有正面回應。

他不否認愛理沙家以一般觀點來看算是好人家。

但他不認為好人家的女兒和晚熟可以劃上等號。

純粹是愛理沙的性格、脾氣所致吧。

她有點膽小。

「嗯——我也不能叫你強行推倒人家。一步步慢慢來吧，可是小心別讓機會逃掉。氣氛，要注意氣氛。」

「我明白了。」

所謂的氣氛，具體上該如何營造？

由弦懷著疑惑點頭……然後瞥了時鐘一眼。

「那麼，我該去工作了……」

他的輪班時間快到了。

不能一直待在這摸魚。

「哎呀……那差不多該進入正題了。」

「正題……？」

「嗯。其實……今天有新人要來。」

「哦……意思是，我只要負責帶人就行？」

「嗯。你是前輩，要對人家溫柔一點喔？」

聞言，由弦苦笑著點頭。

話雖如此，在這家店打工的大多是大學生，比由弦年長。

儘管他們、她們對由弦的態度不盡相同……被年紀比自己大的人叫前輩，由弦總是會有點難為情。

「那……新人在哪？」

「應該快換好衣服了……如何？準備好了嗎？」

光海朝著女更衣室詢問。

「好了！」門後傳來活力十足的聲音。

非常可愛的聲音。

……是由弦聽過的聲音。

「……久等了。」

更衣室的門緩慢敞開……

身穿白色襯衫、黑色背心及長褲的少女從中走出。

貼合身體曲線的制服為少女增添了幾分帥氣感，同時也突顯出少女原本就有的女性性徵，使她顯得更有魅力。

將美麗的亞麻色髮絲綁成馬尾的那名少女……

雪城愛理沙瞇起翠綠色的眼眸，對由弦說道：

「今後還請你多多指教……前輩？」

露出淘氣的微笑。

※

時間倒回至大約一個星期前……

由弦打工處的店長——長谷川光海刊登了徵人啟事。

最近有點缺人，因此他想多雇一名員工……

一名少女打電話表示想要應徵，他便請對方來面試。

「妳想打工的原因……是因為需要錢。妳打算怎麼使用妳的薪水？」

長谷川光海詢問緊張地坐在面前的少女。

美麗的亞麻色頭髮、翠綠色的眼睛、深邃的五官。外表和日本人有所差異的少女，說她今年才高二。

而且是頗有名氣的私立高中。

光海的員工中有跟少女同校的高瀨川由弦，因此他知道，那所高中的學費絕不便宜。

少女的出身絕對不差。

由於他很難想像少女的家庭會陷入困境……才會好奇薪水的用途。

……既然雇用了同校的男生，光海不認為可以拿少女是高中生當理由，拒絕雇用她。

可是應該要慎重考慮。

「我想買禮物送人。」

「禮物？……爸媽沒有給妳零用錢嗎？」

「……沒有，他們不會給我零用錢。如果我說有想要的東西，他們當然會買給我……但我覺得這樣很難說是我送的禮物。」

「……唔。」

少女家的教育方針似乎不是定期給予零用錢，而是有需要的時候再買給她。

光海不會評論別人家的教育方針，可是……

這樣確實比較沒有「禮物」的感覺。

「但小孩通常都是拿父母的零用錢買禮物送人的吧?他不也一樣嗎?」

「的確。不過……那個,他送我的禮物是用自己打工賺的錢買的。既然要回禮,我也想用打工賺的錢買禮物送他。」

「……唔。」

光海沒有忽略「他」這個詞。

送禮對象推測是她的男友。

男友在打工。

所以一般來說,對方是大學生或高中生。

……這時,光海發現了。

沒錯,光海的餐廳有跟這名少女同齡的男生在打工。

而且那位少年最近——也不能說最近,大概在半年前——說過需要錢買禮物送女友。

「……那個人該不會是妳同學?」

「咦!我、我有說是由弦同學嗎?」

少女……

雪城愛理沙急忙摀住嘴巴說道。

看來她屬於非常老實、好懂的類型。

光海忍不住苦笑。

「因為由弦說過他有個漂亮的女友，我才會猜測莫非是妳。」

「漂、漂亮……沒、沒有啦……」

愛理沙害羞得紅了臉。

卻一副竊喜的模樣。

光海也心想「原來如此，確實很可愛」。

「好吧，妳想打工的理由我大概明白了……可是既然妳想來這裡工作，何不請由弦幫忙介紹？」

光海當然沒笨到只要是由弦介紹的人就立即錄用。

不過通常都會覺得透過由弦介紹更容易被錄用……

此外，光海也的確比較會錄用由弦介紹的人。

因為面試時不容易看出來的人品，可以去跟由弦打聽。

由弦雖然有愛放閃的傾向，但假如他覺得這份工作不適合，肯定會告訴光海。

光海在這方面挺信任他的。

「這……或許是那樣沒錯。可是……透過由弦同學的幫助來買禮物送他，不是很奇怪嗎？」

「那妳去其他地方工作不就行了？」

光海覺得雇用愛理沙沒什麼問題。

她說她擅長做菜，這一點在由弦放閃時得到了證明。

相貌端正，態度也無可挑剔。

可以在內場工作，也可以擔任外場人員。

話雖如此……

要是他們把職場當成約會地點就糟了。

「嗯……的確，我也想過要偷偷打工，嚇由弦同學一跳。不過……如果因此害他感到不安也不好。」

「說得也是……」

光海重新觀察愛理沙的外貌，點了點頭。

職場出現這麼可愛的女生，大多數的男性都會興奮不已，想將她占為己有吧。

……不用想都猜得到。

如此可愛的戀人在自己不知道、看不見的地方工作，確實令人不安。

「而且家父說過……如果是跟由弦同學在同一個職場，就允許我打工……他說高瀨川家的公子打工的地方不會有問題。」

「那還真是……謝謝他的稱讚。」

總算理解的光海苦笑著。

監護人比由弦更擔心，也是理所當然的。

「妳什麼時候可以來上班？」

光海詢問愛理沙。

愛理沙兩眼發光，激動地回答：

「隨時可以！……我是很想這麼說，不過……」

「第一天想跟由弦一起上班？」

「是、是的……不方便嗎？」

「怎麼會……機會難得，來嚇嚇他吧？」

光海笑著眨了眨單眼。

出乎意料的提議，使愛理沙露出有點驚訝的表情……

「好的，就這麼辦！」

點了點頭。

如此這般，愛理沙決定在光海的餐廳打工了。

※

「咦？愛、愛理沙……！」

未婚妻突然出現，導致由弦忍不住發出困惑及驚訝的聲音。
他的視線不停在愛理沙和光海的臉之間移動。
「哎呀——美女果然穿什麼都好看。」
光海高興地頻頻點頭。
愛理沙則靦腆一笑，詢問由弦：
「怎麼樣？……好看嗎？」
這時由弦才終於理解「新人＝愛理沙」這個狀況。
他笑著點頭。
「嗯，非常適合，很漂亮。」
愛理沙樂得臉上綻放笑容。
光海看著兩人，瞇起眼睛。
「好，總而言之……由弦，你負責教愛理沙工作。先從雜務開始。」
「知道了。愛理沙……到這邊來。」
「是的……前輩！」
愛理沙微笑著說。
……由弦心想，後輩屬性也不錯。

「先從洗盤子教起吧。」
「喔……好有那種感覺！」
愛理沙不知道在開心什麼。
由弦面露苦笑，帶她到工作地點。
「只是教妳洗碗機怎麼用啦……」
「……也是。」
小店也就算了，長谷川光海經營的餐廳有一定的規模。
每個盤子都用手洗一定來不及，也很浪費人事成本。
所以店裡會使用洗碗機。
「可是飯粒之類的東西很難洗掉，所以要先用水稍微沖過，沖掉後再放進去。」
「原來如此……跟我家一樣。」
愛理沙一面點頭，一面在可愛的筆記本上做筆記。
之後，由弦接著仔細地把工作流程教給愛理沙。
但他能教的只有雜務及外場的工作。
光海雇用愛理沙時，是以主要在內場工作為前提，因此……
「……愛理沙，內場的工作去問那個人……我不懂。」
「好的……謝謝你，由弦前輩。」

愛理沙露出有點寂寞的表情……

寂寞歸寂寞，由於那一本正經的個性，她並未依依不捨，跑去跟內場人員的前輩討教。

起初由弦也供做得很認真，不過……

（……這畢竟是愛理沙第一次打工，她肯定很緊張。）

他抑制不住內心的擔憂，偷偷觀察廚房的情況。

在那裡……

「哇……雪城小姐，妳好會用菜刀！」

「因為我習慣了。」

愛理沙展現了精湛的刀工。

不僅如此，她還看著食譜做了幾道菜。

身為即戰力的愛理沙，已然大顯身手。

「哎呀，沒想到她廚藝這麼好，有基礎果然很重要。幸好有雇用她。」

由弦反射性地回過頭，只見光海心滿意足地站在那裡。

他對由弦微微一笑。

「你也要認真工作喔？」

「好、好的，那當然……！」

不能輸給愛理沙。

由弦激勵自己，工作得更加認真。

※

「……好累喔。」

回家路上，愛理沙嘆著氣說。

我能繼續做下去嗎……她臉上帶著這樣的不安。由弦溫柔地安撫她。

「剛開始最辛苦。很快就會習慣了。」

「是嗎？」

「沒錯。」

聽見由弦這麼說，愛理沙放下心中的大石。

由弦向她提出一直很在意的問題。

「……妳怎麼突然跑來打工？是有想要的東西嗎？」

「……不是的。」

愛理沙馬上否認。

然後鎮定地回答：

「最近我家的家事改成由所有人分擔，結果我多出了一些時間……才會想說去打工看看好了。」

「……原來如此。」

由弦沒來由地覺得愛理沙在說謊。

但那只是他的直覺。

愛理沙的理由很合理，找不到可以否定的部分。

（……是不是想要能自由使用的錢？）

聽說天城家的零用錢制度不是直接給零用錢，而是有想要的東西時，再提供所需的金額。

不跟父母客氣，就不用愁沒錢。可是以愛理沙的性格來看，要直接開口要求買什麼，心理層面的難度應該挺高的。

從這方面來說，手邊有使用時不用顧慮那麼多的錢，或許會比較沒壓力。

「幹嘛不跟我說？我可以幫妳介紹啊。」

「我想嚇你一跳。」

愛理沙奸笑著說……

轉過身去。

兩人不知不覺走到愛理沙家門前。

「謝謝你送我回家。」

愛理沙面向由弦，稍微踮起腳尖。
由弦把手放在她肩上，輕輕摟近
愛理沙閉上眼……
由弦吻上了她的唇。
「再見。」
「嗯。」
就這樣，愛理沙打工的第一天順利結束了。

※

愛理沙開始打工後，過了約一個星期……
她已經上手了。雜務自不用說，內場的工作也駕輕就熟。
「哎呀——愛理沙小姐學得很快，真的幫了大忙。」
光海滿面喜色地說。
「不愧是愛理沙。」
由弦也點頭附和。愛理沙顯得有點難為情，撥著頭髮回答。
「我本來就會做菜……剩下只要把食譜背下來就行。」

廚具的用法、食材的切法、掌控火力的訣竅，愛理沙早已記在腦海。
至於食譜，她本來就很認真，也擅長讀書，所以學得很快。
也就是說，內場的工作非常「適合」愛理沙。
「那是時候讓妳學外場的工作嘍？」
「外場嗎……」
「因為我想盡量讓妳以站外場為主。」
愛理沙外貌出眾。
光海總覺得讓愛理沙一直待在內場有些可惜。
可以的話，他希望她以外場人員的身分、以餐廳中的鮮花身分大顯身手。
不是能做外場的內場人員，而是能做內場的外場人員。
那就是光海在愛理沙身上追求的表現。
「如果妳感到排斥，我也不會勉強妳……」
但光海沒有一絲逼迫她的意思。
她身為內場人員，已經表現得超乎水準。
再說，像由弦那樣只負責外場或內場的員工也不少。
「不會，請讓我試試看。」
愛理沙用力點頭。

她當然會想試著跟由弦一起工作，想試著做跟由弦一樣的工作。

內場的工作她絕不討厭……

可是都跟由弦在同一個職場工作了，卻幾乎沒有交流，令她有點遺憾。

一旦在外場工作，就能拿「向前輩討教」當藉口，跟由弦說話。

「那真是太好了……由弦，交給你嘍？」

「好。我知道了。」

由弦點了點頭。愛理沙微微一笑。

「……麻煩你了，前輩。」

「嗯！」

前輩……聽起來真不錯。

由弦再次心想。

※

「嗯——笑容有點僵硬呢……」

當天下班後——

光海苦笑著說。

愛理沙的待客態度，比由弦跟光海想的更……不自然。

笑容僵硬，「歡迎光臨」也說得結結巴巴。

差不多是那種感覺。

「剛開始都是那樣啦。」

溺愛未婚妻的由弦則如此表示。

然而，他的評價倒沒有特別寵愛理沙。

第一次接待客人會緊張很正常。

她的笑容確實僵硬，講話也頻頻結巴……但也僅此而已。

沒有犯下致命的失誤──例如把餐點潑了客人滿頭。

就只是個非常普遍的……不怎麼擅長接客的人。

一般來說，多累積點經驗就會習慣。

一般來說。

「那個，我說不定還是以內場為主比較好……這樣會給大家添麻煩……」

愛理沙垂頭喪氣地說。

她本來就不是信心十足的人，卻覺得自己應該能表現得更優秀，結果完全做不好。

因此徹底喪失了自信。

「嗯——不過……」

面對愛理沙的要求，光海有點為難。

起初，他的確沒打算硬逼愛理沙。

不過看到她在外場工作的模樣，光海感到非常遺憾。

顧著接客的愛理沙沒有發現……她深受客人矚目。

有點生疏的部分，也被用「原來是新人啊」的善意眼光看待。

再說，一開始不習慣再正常不過。

又不是完全做不來，光海認為再過一個月，她大概就會上手。

現在直接放棄外場的工作未免過於武斷，也很可惜。

「……先讓她在廚房工作，等她習慣職場的氣氛如何？」

由弦則希望能把愛理沙安排到內場。

因為他會擔心。

在外場工作、接待客人，會跟許多客人接觸……亦即可能會被「奇怪的客人」纏上。

光海的餐廳單價偏高，所以「奇怪的客人」當然不常見……可是不能保證絕對不會有。

廚房比較安全。

雖然待在廚房不代表由弦就能一直看著，不過既然是工作，他總不能無時無刻都在注意愛理沙，也會有排到不同天上班的時候，顧慮這個也沒意義。

「……嗯——我想想。先讓她以內場為主，看其他人是怎麼做的，學習外場的工作，好像也可以。」

光海不認為靠逼的會有用。

先讓她習慣這裡的工作，等她打起幹勁再說吧。

光海如此判斷，詢問愛理沙：

「這樣行嗎？」

「……好的，麻煩您了。」

愛理沙本人也覺得只試一次就放棄不太好……

於是她同意了光海的建議。

※

然後……愛理沙開始打工後的第一個假日。

一如往常地造訪由弦住處的愛理沙，很快就找上他商量。

「由弦同學……有件事想拜託你。」

「想拜託我？怎麼了？」

由弦感到困惑。

總覺得愛理沙有段時間沒有對他提出什麼請求了。

「……那個，我想練習。」

「練習接吻嗎？」

「才、才不是！」

愛理沙滿臉通紅地否認。

接著，她輕咳了幾聲，如此表示：

「我想練習接待客人。」

※

「……不可以偷看喔？」

更衣室傳來愛理沙的聲音。

由弦當然不可能偷看……但她特別叮嚀，便讓他有點想惡作劇。

「只是嘴上說說而已？」

「才、才不是！真的不行！不然我會討厭你！」

愛理沙嚴肅地回應由弦的玩笑話。

不久後……更衣室的門打開了。
穿著餐廳制服的愛理沙站在門後。
「好看嗎？」
愛理沙邊問邊轉了一圈給由弦看。
由弦用力點頭。
「嗯，很好看。」
愛理沙比較容易給人「可愛」、「漂亮」這種女性氣質強烈的印象……
換上背心及長褲，卻瞬間散發一股英氣。
有種男裝麗人的氛圍，再加上與平常的反差，使這身裝扮看起來非常適合她。
（呃，可是穿褲子的話，屁股會……）
特別明顯。
身體曲線感覺更加清晰可見，或許是因為服務生的制服，材質和版型都比愛理沙平常穿的褲子更貼身。
整體看來偏男性風格，導致愛理沙全身上下充滿女人味的部位非常顯眼。
「……有哪裡怪怪的嗎？」
「呃，沒有啊……」
而愛理沙好像發現由弦有點想歪了。

這就是女人的直覺嗎？由弦在心中不寒而慄。

「有意見的話請你直說。」

「嗯、嗯……」

「屁股特別明顯」聽起來不太好聽，簡單地說就是愛理沙的好身材和美麗的身體曲線突顯出來了……

這絕非壞事。

若能包裝一下用詞，應該就不會惹愛理沙生氣。

然而講錯話也可能害她覺得不好意思。

搞不好會再也不想穿這套衣服……搞不好會想辭掉打工。

「仔細一看，總覺得妳穿這樣帥氣又可愛，跟平常的氣質截然不同。我又發現妳的新魅力……重新迷上妳了。」

因此，由弦決定敷衍過去。

這件衣服很適合她也是事實。

「是、是……嗎？」

愛理沙被由弦誇得害羞地扭來扭去。

她對由弦的懷疑似乎煙消雲散了。

「你也很適合這身衣服……好帥喔！」

「謝謝。」
由弦配合愛理沙，也穿著服務生服。
為了示範接待客人的方法給她看。
但這只是練習而已，其實用不著雙方都換上制服……
只能說是重視氣氛吧。
「那麼……請你多多指教，由弦同學。」
「……不對吧？愛理沙。」
「咦……？」
由弦馬上皺起眉頭，語氣嚴厲。
沒想到會突然被人挑毛病的愛理沙一臉困惑。
「要叫我前輩吧？」
他的語氣帶著一絲戲謔，卻面色凝重。
愛理沙也正經八百地點頭回答。
「是，前輩！」
之後，兩人輪流扮演客人的角色，練習接客。
剛開始，愛理沙因為緊張的關係，動作僵硬又不停吃螺絲……

但經過無數次練習後，態度慢慢變得自然。
然而……
「妳能不能……像這樣……稍微笑一下？」
「笑嗎……」
「妳的表情太僵硬了……」
愛理沙似乎有一集中精神就會面無表情的習慣。
看得出她在認真接客……
與此同時卻也會嚇到人。
「可是……笑咪咪的不會讓人覺得不正經嗎？」
由弦點頭回答愛理沙的疑惑。
「如果是輕浮的笑容，或許會給人那種印象……但妳最好有點笑容。畢竟客人裡面也會有小孩子……而且表情再柔和一點，人家也比較敢跟妳說話吧？」
「嗯、嗯……像、像這樣？」
「好不自然……」
由弦不禁苦笑。
她的嘴角確實掛著笑容，眼中卻不帶笑意。
一眼就看得出是硬扯出來的。

「……是嗎？」
「原來妳沒有自覺……去鏡子前面看看吧。」
由弦將愛理沙帶到洗手台前。
「這……確實很不自然。唔、唔……」
愛理沙開始對著鏡子練習微笑。
可是隨著次數及耗費的時間增加，她開始緊張起來……每況愈下，絲毫沒有進步。
「……要怎麼笑呀？」
最後甚至提出這個問題。
「嗯、嗯……借我碰一下喔。」
由弦將手伸向愛理沙的臉。
輕輕碰觸她的臉頰，稍微提起嘴角，把眼角往下拉了些。
「這種感覺吧……」
「原、原來如此？」
「啊、啊……不行啦，別用力……」
好不容易露出的可愛笑容又變僵硬了。
由弦思考著該如何是好。
「……愛理沙，雙手舉高。」

「……什麼？」

他叫愛理沙在鏡子前面高舉雙手。

輕戳毫無防備的腋下。

「哇……等、等等……由、由弦同學……！」

「叫前輩。」

愛理沙扭動身體，試圖逃跑。由弦強行把手插進她的腋下。

然後在耳邊輕聲呢喃。

「來，看前面。」

「嗚、嗚嗚……」

愛理沙心不甘情不願地望向鏡子。

鏡中映著滿臉通紅，害羞地垂著頭的可愛少女。

「放輕鬆。」

「辦、辦不到……前、前輩……嗚！」

由弦輕輕搔了她一下。

大概是因為癢吧，愛理沙臉上漾起「笑容」。

「妳笑得出來嘛。就是這樣。」

「咿、嗯……既、既然我笑出來了，該、該停了吧……」

「還有點不自然。要練習到妳能維持笑容為止。」
「怎、怎麼這樣?我、我不行了……嗚啊……」
愛理沙嘴上說著不行，卻並未試圖擺脫由弦的拘束。
她反射性地扭動身體，視線一直沒有從鏡子上移開，照由弦所言練習維持笑容。
由弦在愛理沙耳邊為她打氣，每當她的笑容垮掉就會搔她腋下，逼她露出笑容。
這樣的特訓持續了十分鐘左右……
「妳笑得出來了。不愧是愛理沙。」
由弦稱讚學會露出自然笑容的愛理沙。
受到稱讚的愛理沙……
「……」
緊盯著由弦。
嘴角和眼神都帶著笑意。
但不知為何，她的表情相當駭人。
「那、那個……愛、愛理沙……?幹嘛一直看我……」
「你從途中開始就在玩我，對吧?」
「沒、沒有啊，怎麼會……」
「你在玩我吧?」

「是、是的，非常對不起。」

由弦感到恐懼，急忙向愛理沙道歉。

她輕聲嘆氣……收起假笑。

然後眯眼看著由弦。

「……真是的，我明明那麼認真。」

「不過，妳也從途中開始就玩得很開心……」

「並沒有！」

愛理沙扠著腰，眉頭緊皺。

接著……露出奸笑。

由弦有股不祥的預感。

「啊……總之，今天就先這樣……」

「機會難得，前輩也來練習微笑吧。」

「不、不用，我會啦……」

「你的笑容很僵硬喔！」

愛理沙動著十指逼近由弦。

由弦忍不住拔腿就逃。

「站住！」

「不、不要……啊，等等……那、那裡好癢……！唔，哈哈哈，哈哈哈哈哈！」

由弦就這樣被搔了個過癮，直到愛理沙心滿意足。

※

愛理沙開始打工後，過了約一個月……

十月上旬。

「怎麼樣？愛理沙。」

「嗯……順利提出來了。」

愛理沙拿著信封，開心地笑了。

沒錯，今天是愛理沙第一次拿到薪水的日子。

「有這麼多錢……可以自由使用呢。」

她看著信封裡面，感慨良多地說。

其實，光海的餐廳時薪絕對不低……

但也稱不上高。

再加上由弦和愛理沙是高中生，時薪自然會壓得比較少。

他們必須去上學，兩人都不能做全職。

所以愛理沙收到的薪水，金額實在稱不上大……
不過，那也只是拿一般成人的薪水來比。
以高中生來說，這筆錢已經足夠多了。
對於除了壓歲錢以外沒有其他收入的愛理沙而言，應該很感動吧。
「妳有想到要拿這筆錢做什麼嗎？」
由弦詢問愛理沙。
錢不拿來花就沒用了。
當然也有存下來這個選項……
「咦？喔……沒有，目前……沒有打算……」
愛理沙支支吾吾地回答。
由弦隱約覺得她在說謊。
（……該不會？）」
他突然猜到這筆錢的用途。
如果是真的，刻意說出來未免太不識相。
「好不容易領到第一筆薪水……去買個東西記念如何？」
「說、說得也是！就這麼辦。」
愛理沙點頭如搗蒜……

看起來鬆了口氣。
她的態度使由弦愈來愈肯定了。

第三章　婚約對象和生日

過了一星期，時節進入十月中旬。

當天是由弦的……生日。

「由弦同學，今天放學後……你有空吧？」

放學時間，愛理沙向由弦確認。

由弦點點頭。

「當然有空。」

愛理沙本來就有先跟由弦表示：「你生日那天我想要約會，可以的話，希望你把時間空出來。」

沒有比愛理沙更重要的人，因此由弦照她所說，沒在那一天安排行程。

「我可以當成妳有制定約會計畫嗎？」

由弦並未先想好要去哪裡約會。

他已經不是生日會特別大肆慶祝的年紀。再說，自己想生日要怎麼讓人慶祝也很奇怪。

既然愛理沙說她「想要約會」，由弦認為她當然會想好要怎麼度過。

「那還用說？這個先給你……」

愛理沙從懷裡拿出一張電影票。

是最近在網路上從各方面來說都掀起話題的電影。

「原來如此，先看電影嗎？」

正統的約會行程。

然而……

（怎麼偏偏選了鯊魚電影？……雖然我並不討厭。）

由弦在內心苦笑。愛理沙搖頭說道：

「啊，不是的。」

「……咦？」

「請你先去看電影打發時間。」

「……什麼？」

「電影請你一個人去看。這段期間……我會做好準備。可以借你家的廚房用嗎？」

「原、原來如此……」

看來約會行程要在由弦家進行。

八成是要做菜或做蛋糕招待他。

「那麼，我先去你家了。你看完電影再回來。還有，不可以點爆米花吃喔？」

「喔、喔……知道了。」

確認由弦點頭答應後，愛理沙快步離去。

「……非看這部電影不可嗎？」

獨自留在原地的由弦看著電影票……喃喃自語。

※

「沒想到還不錯……」

看完外星人騎著鯊魚殭屍侵略地球的電影，由弦懷著這樣的感想走出電影院。

絕對不算有趣，但也不無聊。

雖然他無論如何都不會想再看一次……

「好，回去吧……不知道愛理沙在準備什麼？」

由弦一頭霧水。

只是做菜或做蛋糕迎接他回家的話，用不著特地買電影票把他趕到外面。

（愛理沙之所以開始打工，大概是為了買禮物送我……這個我還猜得到。）

至今以來，由弦送過愛理沙許多禮物，都是用他自己打工賺的錢買來的。

所以愛理沙也要用自己賺的錢買禮物才說得過去……要從愛理沙的性格推測出她的想

法，易如反掌。

這本身就是驚喜，又充滿愛理沙的心意，由弦已經夠高興了……

難道還有比這更厲害的驚喜？

究竟是什麼樣的禮物？

想著想著，由弦走到了家門前。

「進門前要先傳簡訊跟她說，是吧？」

他拿出手機，傳了短短一句「我在門口了」。

訊息馬上顯示已讀，收到「可以進來了」的回應。

「……我回來了。」

由弦慢慢打開門。

映入眼簾的是……

身穿黑白單色圍裙洋裝的亞麻色頭髮美少女。

她揪住有點短的裙子裙襬，恭敬地鞠躬……

「主人，歡迎回家。」

愛理沙穿著所謂的「女僕裝」，對由弦這麼說。

※

「愛、愛理沙……！這到底是……」

「請進。」

愛理沙笑咪咪地說。

跟平常的笑容有點不一樣……是靠打工訓練出來的接待用笑容。

由弦在打工時看過好幾次，不過愛理沙對他露出這種「笑容」還是第一次。

（好、好可愛……）

過於強大的破壞力害由弦頭暈目眩。

他喜歡愛理沙自然的笑容，但這種假笑……也不錯。

「我幫您把東西拿進屋。」

「喔、喔……嗯。」

不知不覺間，由弦的外套和制服外衣被愛理沙脫掉了。

她仔細摺好衣服，帶他前往客廳。

客廳裡面……

（啊，這裡倒沒變。）

並沒有特別的裝飾。
光靠看電影的時間，實在準備不了這麼多。
「請坐。」
「嗯。」
由弦聽她的話坐到坐墊上。
「我去幫您拿飲料。」
愛理沙消失在廚房，端來裝在瓶子裡的飲料及玻璃杯。
她將玻璃杯放到桌上，倒入飲料。
由弦的視線自然而然地飄向飲料……
不對，是愛理沙的胸膛。
他極度在意從女僕裝的領口露出的雪白溝壑。
「這是香檳——風果汁……我去端餐點過來。」
倒完飲料，愛理沙立刻起身，從廚房端來餐點。
「為您送上醃漬燻鮭魚。」
「謝、謝謝……」
小巧的高雅玻璃容器中，裝著少量的燻鮭魚。
擺盤美觀，綠色醬汁看起來也費了很多工夫。

「……我開動了。」

由弦叉起燻鮭魚。

愛理沙翠綠色的眼睛直盯著他看。

「味道還可以嗎？」

「嗯，很好吃……不愧是愛理沙。」

聽見由弦的稱讚，愛理沙開心地笑了。

（可是這個……該不會是開胃小點(Amuse)吧？）

若是家庭料理，光這道菜就足以當成主菜……

但分量怎麼看都不像主菜。

當成開胃小點就說得通了。

「……下一道是前菜(Hors d'oeuvre)？」

由弦試著詢問。

愛理沙揚起嘴角。

「是的，那當然。」

「這、這樣啊……」

今天的晚餐似乎是套餐。

連由弦都不得不為此感到驚訝。

「是說，妳不一起吃嗎？」
「今天我想專心服侍由──服侍主人……」
服侍。
這個詞害由弦瞬間頭暈了一下。
「沒有妳的份嗎？」
「有是有……那個，我也跟您一起用餐，您會比較開心嗎？」
「無論做什麼事，跟妳一起都比較開心。」
愛理沙準備了這麼精緻的料理，卻只有由弦一個人吃，他有那麼一點「愧疚」。
當然，他知道這是愛理沙流的待客之道，也是在玩「女僕與主人」的遊戲……
不過由弦想和愛理沙分享幸福的時光。
「……老實說，我有猜到您會這麼說。」
愛理沙說完便站了起來，從廚房端出疑似前菜的餐點。
這次不是一人份，而是兩人份。
還順便拿來自己的玻璃杯和剛才的前菜。
「飲料我倒吧。」
「咦？啊，不可以……」
現在愛理沙是女僕，由弦是主人。

以角色扮演來說，讓由弦倒飲料或許不太好。

然而，被規則束縛住也不怎麼有趣。

「……妳要糟蹋主人的好意嗎？」

「沒、沒有……我怎麼敢……謝謝您。」

由弦的這句話令愛理沙猛然驚覺，乖乖從他手中接過飲料。

確認愛理沙拿著飲料後，由弦靜靜舉起玻璃杯。

「那……乾杯。」

「……乾杯。」

兩人輕輕乾杯。

繼開胃小點、前菜後……

愛理沙接著端出湯、魚料理（Poisson）、清口小點（Sorbet）、肉料理（Entree）。

用不著多說，全是她一道道精心製作的料理。

由弦起初以為應該是套餐，實在沒想到竟然是「全餐」。

他驚嘆不已。

「……做這麼多菜不會很累嗎？」

吃完肉料理的由弦向愛理沙提問。

她輕輕點頭。

「嗯，是滿累的……不過，其實我一開始……並沒有打算煮這麼多。」

「……什麼意思？」

「呃……煮到一半我就找到了樂趣，想說乾脆把那幾道菜也做一做好了。然後……」

「原、原來如此……」

愛理沙似乎也滿樂在其中的。

由弦放鬆了一些。

因為他實在不好意思讓人為自己做這麼多。

「那……差不多可以上今天真正的主角——甜點了。」

由弦點頭同意。

是的，今天是由弦的生日。

說到生日，果然該有……

「主人……祝您生日快樂。」

沒錯，生日蛋糕。

「……姑且問一下，這也是親手做的？」

「當然。」

愛理沙挺起胸膛，用力點頭。

她拿來的是草莓鮮奶油蛋糕。
白色鮮奶油上，以草莓果醬寫著「生日快樂」。
「您可以盡量吃。」
「那真是太令人高興了……不過，那個，我沒自信可以漂亮地切好它……」
「是，我知道。請告訴我您想吃多大塊。」
愛理沙將蛋糕切成由弦指定的大小……
不知為何起身坐到他旁邊。
「呃、呃……愛理沙？」
「……打擾了。」
她拿起叉子，切了一小塊蛋糕。
然後慢慢送到由弦嘴邊。
「來，請張開嘴巴……」
「啊、啊……」
由弦聽話地張開嘴。
蛋糕的甜味瞬間於口中擴散。
「味道如何？」
「嗯、嗯……好吃。」

「那就好。」

愛理沙笑著把蛋糕一口接一口送到由弦嘴邊。

由弦雖然會害羞，但還是乖乖吃了下去。

然而總不能一直讓她餵。

「……愛理沙，該把叉子還我了。」

「啊，好的……」

愛理沙露出有點捨不得的表情，將叉子交給由弦。

他用那支叉子切了塊蛋糕……

「愛理沙，嘴巴張開。」

「咦？」

「來，妳不吃嗎？」

「要、要吃！」

愛理沙吶喊道，張大嘴巴。

由弦把蛋糕塞進她口中。

「味道如何？」

「……我做得真好吃。」

愛理沙靦腆一笑。

兩人便這樣互相餵食蛋糕。

※

吃完晚餐……

（……順利結束了。）

愛理沙放下心中的大石。

雖然禮物還沒送出去……不過應該可以確定由弦的慶生會大致上是成功的。

（……由弦同學好像也很高興，不枉我換上這套衣服。）

愛理沙低頭看著身上的女僕裝，咕噥道。

領口有點鬆、裙子有點短，說起來，穿女僕裝本身對愛理沙而言就是個大挑戰，相當難為情……

可是從由弦的表情判斷，他絕對不會覺得奇怪。

這時，愛理沙意識到——

她還沒聽由弦發表感想。

「……主人。」

愛理沙呼喚由弦……

將胸部貼上由弦的胸膛，抱住他。

「呃、呃……愛理沙？」

愛理沙詢問一臉錯愕的由弦。

「您還沒告訴我感想。」

「感、感想……？喔、喔！抱、抱歉……很可愛，非常適合妳。」

「這樣呀。」

愛理沙暫時滿足於那句話。

因為要是他鉅細靡遺地描述哪裡適合，那也挺羞恥的。

而且看由弦的態度就知道，他對穿女僕裝的自己抱持好感。

（……就原諒他一直偷看我的胸部吧。）

真拿這個人沒辦法。

愛理沙忘了是她自己要穿會露出乳溝的衣服，如此心想。

「我想看得仔細一點，可以嗎？」

「是可以……具體而言要怎麼看？」

「妳先站起來一下。」

愛理沙照由弦說的站起身。

「這樣行嗎？」

「有辦法轉一圈嗎？」
「嗯……像這樣？」
愛理沙以單腳為軸心，扭動身體。
感覺到裙子輕輕飄起。
她連忙按住裙子。
感覺到自己的臉頰微微發燙。
愛理沙瞪向由弦。
「……您是故意的？」
她低聲質問由弦。
由弦著急地搖頭。
「沒、沒有！我、我不是想看裙底！」
……假如他在說謊，應該不會這麼慌張。
再說，動作太大的自己也有錯——愛理沙轉念一想。
但有件事必須向他確認。
「……您看到裙底了吧？」
「這、這個嘛，嗯……」
似乎不小心看到了。

愛理沙的身體燙得跟燒起來一樣。
（……當成不幸中的大幸吧。）
幸好今天的內褲被看見也無所謂……
是愛理沙特別喜歡的款式，還是全新的。
「……順便問一下，您覺得怎麼樣？」
「什、什麼怎麼樣？」
「我想說機會難得，乾脆問一下感想。」
反正都被看見了。
愛理沙拋棄矜持，詢問由弦。
他露出困惑的表情……
「……妳果然很適合黑色。」
「是、是嗎？」
「妳平常就會穿吊帶襪嗎……？」
「不、不會……是為了跟女僕裝搭配。」
愛理沙邊說邊輕輕掀起裙子。
她配合女僕裝買了吊帶襪。
愛理沙第一次穿。她自己的感想是，穿起來比想像中更舒服。

「……跟女僕裝一起買的？」

「是的。」

這是愛理沙薪水的用途之一。

平常穿的衣服用零用錢買就行，所以她想拿來買平常不會穿的衣服。

「說到買東西……由──主人！我有禮物要送您。」

愛理沙從廚房拿來由弦的禮物。

用漂亮的包裝紙及緞帶裝飾過。

「請您……拆開來看看。」

「嗯，謝謝。」

由弦輕聲道謝……

仔細解開緞帶，拆開包裝紙，然後打開盒子。

「這是……化妝水？」

「我想了很多，最後覺得生日禮物送平常就能使用，又是消耗品的東西比較好。請在刮完鬍子或洗澡後使用。」

起初愛理沙也考慮過送飾品，但飾品符不符合對方的喜好很重要。

萬一由弦不喜歡，會給他添麻煩。

而且能夠久放的東西還得費心保存。

生日禮物每年都會互送，因此愛理沙認為平常就能用的消耗品較為妥當。選項之一就是化妝水。

送化妝水的話，愛理沙也有能力區分好不好用。

「原來如此……」

由弦小心地將化妝水放回盒子。

大概是打算照愛理沙所說的，等刮完鬍子或洗完澡再用。

「對了……愛理沙，我想答謝妳，可以嗎？」

「……答謝？」

「嗯。到這邊坐下。」

愛理沙聽他的話，坐到由弦正面。

由弦輕輕把手放到她肩上。

興奮感竄過愛理沙的全身。

「可以嗎？」

「嗯、嗯……」

由弦緩緩摟住愛理沙。

手放在她的背部及後腦杓上。

愛理沙閉上眼睛……

然後感受到柔軟的觸感。
她的身體頓時一陣酥麻。
（還想要……！）
再親久一點。
想要更深的吻。
愛理沙如此心想……
由弦的嘴唇卻慢慢離開。
「謝謝妳，愛理沙。」
「……嗯，不客氣。」
愛理沙笑著回答。
……將些微的不滿藏在心底。

第四章　婚約對象和萬聖節

離由弦的生日過了一段時間……

那天是所謂的萬聖節。

愛理沙懷著有點緊張的心情……前往由弦家。

拎了兩袋紙袋當土產。

一袋是為今天做的南瓜點心。

另一袋……則是跟亞夜香她們借的扮裝道具。

（雖、雖然有點大膽……但今天是萬聖節，沒關係吧？）

她在思考的期間，走到了由弦家門前。

愛理沙按下電鈴……

叮咚——！

門鈴聲響起。

過了一會兒……傳來「咯嚓」的開鎖聲。

「……咦？」

可是，大門遲遲沒有打開。

平常由弦會叫她進來，或是幫她開門……

這次卻沒有。

不過既然門鎖開了，便代表由弦示意她可以入內吧。

愛理沙儘管覺得有點恐怖，依舊緩緩打開了門。

「打擾了……呀啊——！」

她忍不住尖叫。

有個戴著詭異面具，穿著黑大衣的「東西」站在門後。

手上拿著大鐮刀。

那個形狀，彷彿要奪走他人的性命。

「我、我走錯地方了……？對、對不……哇！」

愛理沙試圖逃跑，那隻怪物卻牢牢抓住她的手臂。

她拚命掙扎。

「不、不要……！我、我不好吃啦！」

「是我啦，是我……愛理沙！」

「……由弦同學？」

愛理沙提心吊膽地回過頭。

只見拿下面具的由弦站在面前。

※

「請、請你不要嚇我……！」

愛理沙氣呼呼地跟由弦抱怨。

由弦將咖啡——加了大量的牛奶和砂糖——放到她面前，苦笑著說：

「唉唷，我沒想到妳會嚇成那樣……完成度這麼高嗎？」

「……仔細一看還挺廉價的。」

愛理沙瞇眼看著由弦脫下的角色扮演服。

詭異的面具是在百元商店購買的「瘟疫醫生」面具。

巨大鐮刀並非真正的金屬，是塑膠做的。

黑大衣也只是拿廉價的黑色不織布披在身上。

「可是，妳不就被這些廉價的道具騙了？」

「這、這……來、來找未婚夫結果跑出一個可疑人士，正常人都會嚇到吧！」

「不過今天是萬聖節耶……妳沒料到嗎？」

由弦倒不是平常就會嚇愛理沙。

今天是萬聖節，他才特別有幹勁。

他以為她也會在正面意義上大吃一驚，玩得很高興。

「……請不要在我給糖果前就惡作劇。」

「確實。」

說得沒錯。

「我看你是不想要糖果嘍？」

「想要。愛理沙，抱歉，是我不好。」

「……那你該表達一下歉意吧？」

愛理沙往上瞄了由弦一眼。

由弦意識到她在要求什麼……

輕輕把手放在她的下巴上。

「對不起，愛理沙。」

「嗯……」

然後輕吻她的嘴唇。

由弦一離開，愛理沙便紅著臉，眼泛水光，扭動身軀。

「再一下……」

「……愛理沙？」

「沒事。」

愛理沙小聲地清了清嗓子。

「原諒你……要扮裝是沒關係，但請不要把臉遮住，我會認不出來。」

「遵命。」

由弦乖乖聽從愛理沙的忠告。

會遮住臉的扮裝確實不好。

「順便問一下……妳會示範給我看嗎？」

「……咦？」

「沒、沒有啦……其實我買了貓耳……」

由弦偷偷摸摸地拿出貓耳髮箍。

去年的貓耳很可愛，所以今年他也想請愛理沙戴戴看。

可以的話還想拍張照。

由弦本來覺得一開始就惹愛理沙生氣，要她同意這個要求可能有困難……

但她一下就原諒他了，看這情況說不定有機會。

「……用不到那個貓耳。」

「是、是喔……？」

由弦沮喪起來。

愛理沙最近不知為何配合度很高，他還以為她會願意戴上……看來是沒希望了。

他才剛這麼想……

「因為我帶了自己的扮裝道具過來。」

「咦？」

「那麼……我去換衣服了。」

語畢，愛理沙提起紙袋，走向更衣室。

關上門之後，她把門打開一條小縫，從後面探出頭。

「不准偷看喔？」

「喔、喔……」

愛理沙跟平常一樣「裝模作樣」，再度關上門。

門後傳來衣物的摩擦聲。

似乎不是由弦那種套在衣服外面就完成的扮裝……

而是要脫光衣服再穿上去，頗為正式的扮裝。

（我可以期待嗎……？）

由弦雀躍地等待著……

房門敞開。

走出來的是……

「怎、怎麼樣？」

穿著黑色高衩緊身衣。

黑色褲襪。

頸鍊和領結。

頭上戴著兔耳髮箍。

也就是所謂「兔女郎」裝扮的愛理沙。

※

事情發生在數日前——

「我覺得由弦同學最近有點淡漠……」

愛理沙一臉不滿地跟朋友傾訴。

她人在千春的房間。

千春跟由弦同樣是一個人住，所以她家有時會拿來當聚會的場地。

這一天也是，愛理沙、千春、亞夜香、天香四人正聚在一起聊天。

「……你們又吵架啦？」

天香無奈地詢問愛理沙。

淡漠。

也就是對愛理沙很冷淡，不太理她……可以理解成這個意思。

愛理沙卻不停搖頭，彷彿沒料到會被說成這樣。

「不、不是的！最近我還在他生日的時候做了蛋糕互餵……」

愛理沙突然開始曬恩愛。

天香則露出被灌了一口糖漿喝的表情。

「喔、喔……是嗎……太好了……那你為什麼說他冷漠？」

兩人在學校的感覺仍然是對笨蛋情侶，而且就這樣聽來，他們的感情依舊一樣好。

根據愛理沙剛才的說明，怎麼聽都像有錢人在哭窮。

「我說的淡漠不是冷淡或冷漠的意思……那個，該怎麼說……」

愛理沙試著回答天香的問題……

臉頰卻莫名其妙泛起紅潮，開始扭來扭去，不肯講重點。

此時，一直默默聽著的亞夜香和千春開口了。

「肌膚接觸的次數太少？」

「愛理沙同學嫌不夠？」

聽見亞夜香和千春這麼說，愛理沙滿臉通紅……

輕輕點頭。

「變得比之前少？」

天香皺著眉頭詢問愛理沙。

愛理沙搖頭否認。

「沒有變少。只是……那個，我想要再多一點……」

「想增加次數的話，得創造機會才行。」

「最好硬找個藉口。」

亞夜香和千春向愛理沙建議。

愛理沙卻搖頭否認。

「不是，我對次數沒有不滿……道早的時候、道謝的時候、道別的時候他都會親我。可是……」

愛理沙害羞得扭扭捏捏。

亞夜香及千春露出「你們這麼會親啊」的傻眼表情。

這麼常肌膚接觸了，到底有什麼好不滿……

兩人毫無頭緒。

「妳不講清楚，我們不會明白喔？」

天香叫她說明具體上是哪裡不滿。

愛理沙勉為其難地說：

「……想要更深一點？」

「……深？」

什麼意思？

天香面露疑惑。

至於亞夜香和千春……

「啊——原來如此。」

「是這樣啊。」

兩人露出壞笑。

看到她們的反應，天香也聽懂愛理沙的意思了，臉頰微微泛紅。

「深」指的是「深吻」。

他們暑假去海邊玩的時候，抵達了那個領域……之後卻沒再深吻過。

愛理沙不滿的是這個。

總覺得前進了一步，卻在那裡停滯不前。

不對，是後退了一步，回到原地了吧……

「唉唷，由弦弦也不是不想做吧？我覺得他是在顧慮妳的感受。」

「妳不主動跟由弦同學說想要，他不會知道的。」

「可、可是……直接說……不、不會很不檢點嗎？」

愛理沙希望由弦覺得她是「清純的女孩」。

不想被當成「不檢點的女人」。

愛理沙誘惑過由弦幾次，卻不太好意思要求「想要深吻」。

「……真難搞。」

天香咕噥道。

愛理沙大概也有自覺，愧疚地點頭。

「……是的，對不起。」

「沒、沒有啦，我不是說妳不好……！」

天香急忙給愛理沙台階下。

「既然妳不敢主動親他或拜託他，也只能努力營造那種氣氛嘍。」

亞夜香苦笑著說。

可以理解愛理沙希望男性主動一點的心情……

但不能光等著人家主動也是事實。

「那個……我不太懂所謂的氣氛。要怎麼做才好？……如果我表現出想要接吻的樣子，他真的只會親一下而已。」

一般的接吻他們已經做過好幾次，愛理沙隱約知道做出什麼樣的動作、什麼樣的表情，由弦會吻她。

她懂得營造接吻的氣氛。
但全都只是輕吻而已。
「說起來，你們深吻過嗎？這一點很重要……」
愛理沙點頭回答千春：
「有的……次數不多就是了。」
「是在什麼樣的地點、什麼樣的情況下？」
「那個……在海裡……」
愛理沙想起跟由弦舌頭交纏的回憶……
紅著臉回答。
「海裡……噢，那個時候呀……該做的還是有做嘛。」
天香露出複雜的表情。
那個時候，她也有去海邊玩。
朋友在自己不知道的時候做了那種事……
天香覺得有點色。
「海裡呀。也對，兩個人都半裸，自然會興奮。」
「意思是在色色的氣氛下，由弦同學也會伸舌頭嘍。」
亞夜香和千春點頭表示理解。

兩人過於直接的說法導致愛理沙別過頭，天香則羞紅了臉。
「知道這個就簡單了。重現當時的氣氛即可。」
「穿泳裝如何？」
「要、要怎麼在秋天穿泳裝……太奇怪了吧……」
夏天或許還可以約由弦一起去游泳，視情況而定也能拿「想讓你看看我新買的泳裝」當藉口，在房間裡換上泳裝……有點硬來，但不是不行。
不過這個時期穿泳裝有點奇怪。
（我的泳技……也進步了……）
請教我游泳。
這招同樣不能用了。
因為愛理沙變得很會游泳……由弦也說「沒有什麼好教妳的了」。
「自然的方法根本沒希望吧？」
聽見天香這麼說，愛理沙搖搖頭。
「沒必要追求自然……該怎麼說，我只是想要個表面上的理由。」
儘管是在由弦面前，要穿成那個樣子，愛理沙還是有點排斥。
而且由弦搞不好會問她為何要穿成那樣。
她想要一個最基本的理由給自己和由弦。

「這樣的話，萬聖節快到了……玩角色扮演如何？既然是節日，就算放得開一點也不奇怪。」

「萬聖節！說得也是！這個主意……真不錯！」

愛理沙對千春的建議顯得興致勃勃。

她最近才以由弦的生日為由，穿了女僕裝。

有萬聖節的角色扮演當藉口，愛理沙也能說服自己。

「可是……角色扮演也分很多種吧？穿什麼樣的衣服比較好呢？」

「兔女郎怎麼樣？」

亞夜香立刻回答。

愛理沙臉頰微微抽搐。

「兔、兔女郎……嗎……好像有點大膽……」

「不不不，才不會！不怎麼暴露吧？」

「對呀！比基尼泳裝更色吧。兔女郎很普通啦。」

亞夜香和千春聯手開始說服愛理沙

愛理沙被兩人的氣勢嚇到……

「是、是這樣嗎……？」

「嗯嗯。」

「就扮成兔女郎吧！對了，兔女郎裝也有很多種……」
亞夜香和千春立刻跟愛理沙介紹起兔女郎裝的構造及款式。
愛理沙興味盎然，不時還會臉紅。
「這是最近流行的逆兔女郎……」
「呃、呃……這、這實在是……」
那這種呢？
這套的話還可以……
顏色我覺得基本款的黑色比較適合妳。
是、是啊……
亞夜香和千春就這樣逐步引導愛理沙。
看到她們倆和被騙上賊船的愛理沙……天香聳聳肩膀。
「……妳們只是想叫她穿吧。」
亞夜香和千春同時望向天香。
然後……
「小天香也要穿嗎？」
「絕對很適合妳！例如這件……」
「不、不，不用了！」

受不了的天香落荒而逃，亞夜香及千春追在後面。
愛理沙見狀笑了出來。

※

將時間拉回到現在……
身穿兔女郎裝的愛理沙回想起找亞夜香、千春，再加上天香商量時的情況……
對由弦說道：
「不、不給糖……就搗蛋喔！」
愛理沙羞紅了臉……
雙手伸向前方，邊說邊晃著兔耳。
胸部也跟著晃動。
「……」
「……那個，由弦同學？」
「啊……抱歉。」
由弦回過神來，立即回答：
「我選搗蛋。」

「……說實話，我早就料到了。」

愛理沙一臉無奈。

但在由弦眼中，看起來也像在掩飾害羞。

「……順便說一下，我是開玩笑的喔？」

「哎呀，是嗎？……所以你不要搗蛋嘍？」

「咦……妳要對我搗蛋嗎？」

由弦反射性探出上半身。

他當然有準備糖果……不過有機會的話，也想要愛理沙的「搗蛋」。這才是他真實的想法。

「嗯……是有這麼一個選項，雖然沒什麼大不了的。」

「怎、怎樣的搗蛋法……」

「在那之前，由弦同學，那個……你應該有話要對我說吧？」

愛理沙把手背在身後，詢問由弦。

紅著臉凝視他。

由弦用力點頭。

「嗯，好看，很適合妳……那個，很性感。」

凹凸有致的身體被突顯出來。

連重點部位都露在外面的低胸設計。
纖細雪白又美麗的肩膀、從那裡延伸出的修長手臂。
以及被絲襪包覆住的柔軟長腿。
全都非常美麗。
「是、是嗎？太好了。」
「所以，那個……」
妳說的搗蛋是？
好奇的由弦想問愛理沙……
「那來吃點心吧。」
「喔、喔。」
可是話講到一半就被打斷了。

「這個蛋糕不是很難買到嗎？」
「嗯——我排了一小時左右吧？」
由弦的回答令愛理沙睜大眼睛。
愛理沙吃著的是由弦為今天事先買好的蛋糕。
是某家名店的新產品，他費了一番工夫才買到。

「那還真久……」

「手機滑一下就輪到我了……比起排隊時間，在隊伍中顯得很突兀更讓我不自在。」

「……突兀？」

「其他人都是女性……」

「啊哈哈哈，確實。」

愛理沙笑得很開心。

她的笑容十分燦爛……由弦的視線卻不受控制地往下方飄去。

上半部的胸部從兔女郎裝底下露出。

深溝存在於此。

「話說回來，我做的蛋糕……好吃嗎？」

「好吃。不管是草莓鮮奶油蛋糕還是蒙布朗……妳真的什麼都會做，好厲害。」

蒙布朗的形狀很像胸部呢。

由弦想著這種無聊的事情，將蒙布朗送入口中。

恰到好處的甜味擴散開來。

「只要學會基礎，剩下便都是應用。對了……那個，由弦同學。」

「怎麼了？」

「你就這麼在意嗎？」

愛理沙輕笑著指向自己的胸部。
由弦心跳漏了一拍。
「對、對不起……」
「沒關係，我不是說不行……只是在想有那麼吸引你的注意力嗎？」
「這、這個嘛，嗯……」
眼前有豐滿的胸部及溝壑，視線自然而然會被吸向那邊。
此乃男人的天性。
再加上由弦有件極度擔心的事。
「有件事我很好奇……可以問嗎？」
「什麼事？」
「那個……這塊，胸前的這塊布……不會掉下來嗎？」
三角形的布料從下方蓋住一半的胸部。
那塊布會不會掉下來？再說，它是怎麼固定住的？由弦感到疑惑。
又沒有肩帶之類的支撐。
每當胸部晃動的時候，他都會半是擔心半是期待，在意得不得了。
「噢……這個嗎？」
愛理沙碰觸兔女郎裝。

然後摸著從兔女郎裝底下浮現的線條，跟由弦說明。

「這裡有類似鋼絲的東西，一開始就是這種形狀，不會掉下來，像束腰那樣，牢牢固定在身體上面。」

「哦……」

原來如此。

由弦發自內心佩服。

「那麼，由弦同學……點心差不多吃完了吧？」

「咦？嗯……」

由弦點頭肯定……

愛理沙於是將坐姿改成跪坐。

然後輕拍大腿。

「大腿給你躺。」

※

「怎麼樣？由弦同學，感覺如何？」

「嗯，很舒服。」

由弦躺在愛理沙的大腿上回答。
後腦杓傳來柔軟的大腿和絲襪獨特的觸感。
眼前是被皮衣包覆住的豐滿胸部。
「……我記得去年萬聖節，妳也讓我躺過大腿。」
「經你這麼一說……真的耶……不過你當時逃掉了。」
愛理沙邊說邊撫摸由弦的頭。
這次休想逃走。
感覺得到她的意志。
雖然……由弦本來就沒有要逃的意思。
「那麼，由弦同學，是時候……對你搗蛋了。」

愛理沙從懷裡拿出一根棒子——
是掏耳棒。
「請你側躺。」
「……好。」
由弦聽她的話改成側躺。
過沒多久，他感覺到耳朵被人碰觸，接著是冰涼的掏耳棒伸進耳中。

沙沙沙，摩擦耳朵內側的聲音傳來。
「如何？……會不會痛？」
「嗯，不會。很舒服。」
「那就好……我換個地方喔。」
愛理沙說話的同時，掏耳棒的位置移動了一些。
（……好神奇的感覺。）
由弦腦中浮現這樣的感想。
畢竟上次有人幫他挖耳朵，是數年前母親幫他挖的那一次。
（每次快要挖到會癢的地方時，她就又離開了。感覺很舒服，卻讓人心癢難耐……）
有時會覺得：「啊，那裡讚！」有時會覺得：「不是那裡啦……」
他自己無法控制，所以有種被吊胃口的感覺。
不過，感覺絕對不差。
（這樣也別有一番風味……）
由弦閉上眼睛，專心感受挖耳朵的觸感。
或許是因為太舒服了，當他任憑漸漸湧上的睡意擺布時……
「呼——！」
「哇！」

由弦忍不住尖叫。

因為愛理沙突然對他的耳朵吹氣。

「呵呵呵……」

愛理沙愉快地笑著，大概是覺得由弦嚇到的反應很有趣。

他有點害羞。

「不要嚇我啦。」

「我在對你搗蛋耶？是你自己太大意了……雖然我也沒想到你會那麼驚訝。」

沒有要嚇他的意思。

愛理沙如此表示……由弦卻覺得這樣反而更令人難為情。

「那由弦同學，請你轉到另一邊。」

「嗯，知道──」

他聽話地轉向另一側……

下意識倒抽了一口氣。

愛理沙被兔女郎裝遮住的重要部位近在眼前。

看得出那散發女人味的柔和曲線。

（不、不行……）

由弦急忙閉上眼。

這樣愛理沙迷人的部位就不會進入視線範圍之內。

然而……

（好香喔……）

閉上眼睛導致視覺以外的感覺變得更加敏銳……由弦能夠更加鮮明地嗅到愛理沙的氣味。

剛才面向另一邊的時候沒聞到，果然是方向問題吧。

現在他的鼻子正對著愛理沙，因此味道更強烈了。

（可是，跟平常不太一樣……）

由弦知道的愛理沙的味道，是頭髮或脖子的香氣。

主要成分是洗髮精，甜美又柔和……那才是由弦熟悉的愛理沙的味道。

今天卻因為位置不同，聞到的味道有些許差異。

酸酸甜甜、令人揪心……的味道。

「舒服嗎……？由弦同學。」

「嗯……謝謝，可以了。」

充分享受挖耳朵服務的由弦慢慢起身。

然後面向愛理沙。

「謝謝妳，愛理沙……有沒有什麼是我能做來回報妳的？」

單方面讓人幫自己挖耳朵，實在不好意思。

由弦懷著這樣的心情詢問愛理沙。

「回、回報嗎？我、我想想……」

愛理沙聽了扭來扭去。

她以水汪汪的眼睛仰望由弦，擺出在想事情的動作。然後……

「可、可以……吻我嗎？」

「小事一樁。」

由弦點了點頭，輕輕抱住愛理沙。

接著輕吻她的臉頰、額頭……

稍微抬起愛理沙的下巴，吻上那嬌嫩的嘴唇。

「這樣可以嗎？」

面對由弦的問題……

愛理沙沒有回答。

只是一直盯著他。

「呃——愛理沙？」

「那、那個……」

愛理沙顯得很害羞……開口說道：

「可以……更激烈一點嗎？」

※

「更、更激烈……？」
「……是的，更激烈。」
「那、那是，呃……什麼意思……」
愛理沙露出有點遺憾的表情。
「非要我……說出來不可嗎？」
「……不用，我知道了。」
未婚妻都說得這麼明白了。
逼她再說下去，不是及格的男性。
一思及此，由弦便重新抱緊愛理沙的身體。
一隻手扶著裸露在外的背部，另一隻手撐著她的後腦杓。
「那再來一次吧。」
「……好的。」
愛理沙閉上眼睛，表示自己準備好了。

由弦再度將自己的嘴唇印在她的唇上。

到這邊為止都跟剛才一樣。

（好、好緊張……）

由弦感覺到心臟正因為緊張而劇烈跳動。

輕吻的話，他已經可以親得跟呼吸一樣自然，但深吻則礙於缺乏經驗，無論如何都會緊張。

不曉得做不做得好？

然而……

（不能在這種時候卻步……）

由弦下定決心，換了個角度，讓兩人的嘴唇貼合得更加緊密。

「嗯……」

愛理沙發出微弱的喘息聲。

由弦稍微張開嘴巴，伸出舌頭，輕觸愛理沙的嘴唇。

「……嗯。」

愛理沙的嘴巴打開一條縫。

由弦慢慢將舌頭伸進那個縫隙。

然後探往深處……

碰到柔軟卻有點粗糙的物體。
由弦用自己的舌頭纏上它。
「嗯……」
兩人的舌頭互相糾纏……
愛理沙微微睜開眼睛。
她用迷濛的雙眼抬頭看著由弦，雙手施力，抱緊他的身體。
然後……
「唔嗯……」
愛理沙的舌頭碰到由弦的嘴唇。
由弦反射性張開嘴，愛理沙的舌頭便鑽進他口中。
兩人的舌頭一來一往。
經過漫長的時間……
「呼……呼……」
「呼……」
他們終於離開彼此。
氣喘吁吁，臉也紅成一片。
「這樣可以嗎，愛理沙？」

「……是的。」

愛理沙輕輕點頭，把臉埋在由弦胸前。

就這樣一動也不動。

由弦決定先撫摸她的頭。

摸了數分鐘……

「……由弦同學。」

愛理沙緩緩抬起臉。

隨著時間經過，她臉上的紅潮也退去了……並沒有，反而變得比剛才更紅。

「對、對不起……提、提出這種奇怪的要求。」

看來是恢復鎮定後，覺得害羞了。

她尷尬地別過頭。

「不用放在心上……我也一直很想這麼做。」

「……是嗎？那麼，呃，為什麼……」

「萬一做不好，我怕妳討厭我……」

「原來……如此？」

愛理沙疑惑地歪過頭。

「……很奇怪嗎？」

「不會……我只是在想，這還會失敗嗎……」

「要是在奇怪的時機做那種事，惹妳生氣怎麼辦？」

不知道該在什麼樣的氣氛、時機下切換輕吻和深吻……這是由弦的真心話。

「牙齒撞在一起會把氣氛搞僵耶……」這種對深吻一事的恐懼，當然也是有的。

「這……是沒錯。」

愛理沙應該也不希望他毫不顧慮時間、地點及場合，動不動就深吻吧。

她面色凝重，皺起眉頭。

「……而且我也不是無時無刻都想做那種事。」

他和愛理沙經常「親吻道早」、「親吻道別」、「親吻道謝」，如果那些全都換成「深吻」，由弦也受不了。

因為很耗體力及精力。

再加上會害人蠢蠢欲動，之後的活動也會受到影響。

「……要不要……想個什麼暗號？」

「暗號啊……直說不就得了……」

「果然只能……直接說嗎？」

「沒、沒有啦，也不是……」

由弦和愛理沙都在煩惱。最後……

「……一起努力讓對方能察覺到吧。」
「嗯。多累積點次數，應該能學會掌握時機……」
決定之後再處理這個問題。

※

萬聖節的數日後……
千春家——
「萬聖節快樂！……這是我做的蒙布朗。」
愛理沙將蛋糕遞給朋友——亞夜香、千春、天香三人。
亞夜香兩眼發光，千春讚嘆出聲，天香則露出有點愧疚的表情。
「不愧是小愛理沙！」
「真用心。」
「總、總覺得不太好意思……」
今天是萬聖節派對——以此為由的聚會日。
各自扮裝，帶飲料和點心過來，邊吃邊抱怨平日的不滿及談論有趣的話題……也就是說，跟平常沒什麼兩樣。

「這是我做給由弦同學時順便做的，不用不好意思。」

「是、是嗎……？」

天香之所以這麼愧疚，是因為她帶了市售的點心。

她不太擅長烹飪，判斷比起自己做，去百貨公司買應該比較好……

可是亞夜香、千春、愛理沙都親手做了點心過來，導致她有點無地自容。

「我也只是喜歡做點心才自己做的。」

亞夜香喜孜孜地吃起蒙布朗。

她穿著黑色漆皮材質，形似比基尼的服裝。

背上有對黑色翅膀，臀部長著三角形的尾巴。

當事人說，這是「魅魔」的扮裝。

「畢竟市售品比較好吃。剛做好的另當別論就是了……」

千春邊說邊吃著天香帶來的餅乾。

她也扮成了巫女。

不過跟一般的巫女服有些許差異，腋下部分是空的。

「很、很高興妳們這麼說……」

「我倒覺得有比點心更嚴重的問題。」

身上是穿給由弦看的那套兔女郎裝的愛理沙，看著天香說道。

天香身體一顫。

「怎、怎麼了……？」

「妳的萬聖節裝扮呢？」

天香身上沒有稱得上扮裝的配件。

而是一般的便服。

比起市售的點心，這個行為可以說更不懂得「察言觀色」。

「呃、呃，因為……我、我又不知道……而、而且很害羞耶……」

天香紅著臉，扭扭捏捏地回答。

然後瞪了亞夜香、千春、愛理沙三人一眼。

「再、再說……是妳們太大膽了。給我穿……一般的健全服裝啦。」

天香的說詞確實有理。

亞夜香、愛理沙都大膽地露出肌膚，千春的巫女服肩膀到上臂的布料也莫名其妙少了一塊，用纏胸布裹住的豐滿側乳顯露在外。

完全不適合戶外活動。

「覺得我們不健全的小天香，心靈更不健全吧？」

「對呀……我穿的是巫女服耶？」

「……我們都是女生，沒關係吧？」

亞夜香奸笑著說，千春堂堂正正挺起胸部，愛理沙有點害臊地移開目光。

「就、就算妳們叫我扮裝……我也沒有那種衣服。」

沒有衣服，所以想穿也沒辦法。

啊——真可惜——

天香刻意地說。

亞夜香見狀……

揚起嘴角。

「這妳放心。我早就料到妳八成不會有衣服……事先準備了妳的份。」

「咦……？」

天香臉頰抽搐。

「我、我先說清楚……我、我死都不要穿跟妳一樣的衣服喔？」

「穿一樣不是很無趣嗎？別擔心，是旗袍……上次選美比賽用的。」

「旗、旗袍……那好像還行……呃、呃，不過……」

旗袍說不定沒那麼奇怪。

不對，只是跟這些人比起來較為正常而已，果然怪怪的……

天香在內心糾結。

「嗯，我不會逼妳……但我都特地準備了，希望妳可以穿穿看。」

「我也想看妳穿！一定很適合！」
「……只有天香同學一個人穿便服，好寂寞喔。」
三人紛紛說道……
「唔、唔……好、好吧，就一下……」
天香勉為其難地答應。
三人看著彼此，露出不懷好意的笑容。

「噹噹——！哎唷，小天香，不要害羞啦。站到前面……怎麼樣？兩位！好看吧？」
幫天香換好衣服的亞夜香將她推到前面，大聲說道。
天香則揪住旗袍的下襬，害羞地低著頭碎碎念。
「我、我被騙了……」
亞夜香準備的衣服確實是旗袍。
但不是一般的旗袍，而是衣襬短得異常的款式……亦即所謂的迷你裙旗袍。
「很棒耶！若隱若現的感覺超讚的！」
千春雀躍地鼓掌。
天香一直將衣服往下拉，想把它拉長……這個舉動卻只讓亞夜香和千春更高興。
「非常好看。天香同學的腿又美又長，我就知道會很適合妳。」

愛理沙也點著頭稱讚天香。
同時鬆了口氣。萬一她也跑去參加學園祭的選美比賽，戰況或許會有點嚴峻。
「欸，小天香……妳有辦法像這樣把腿抬高嗎？」
「可以拍照嗎？」
「不要！不可以！」
天香壓著衣襬大叫。
亞夜香和千春不停地對她性騷擾。經過數回合的攻防戰後……
「話、話說回來……妳跟高瀨川同學進展得順利嗎？」
「咦！」
為了從亞夜香和千春的魔爪下逃離，天香強行扯開話題。
亞夜香和千春發現她的企圖……不過兩人判斷追問愛理沙會比較有趣，便順了她的意。
「對呀！結果怎麼樣，小愛理沙？」
「成功熱吻了嗎？」
她們壞笑著詢問愛理沙。
愛理沙面紅耳赤——順便瞪了天香一眼——輕輕點頭。
「嗯、嗯……這個嘛……還可以？」
「還可以是什麼意思？」

「進展到哪個階段了？……該不會轉大人了吧？」
「並、並沒有！」
愛理沙不停用力搖頭。
「我和由弦同學……只是柏拉圖式戀愛……」
「哦——原來兔女郎裝叫柏拉圖式。」
天香故意驚呼。
遭到嘲弄的愛理沙瞪向她。
「要妳管。我說是柏拉圖式，就是柏拉圖式！」
然後光明正大地惱羞成怒。
可是她的臉依然紅成一片，明顯在掩飾害羞。
亞夜香滿足地點頭。
千春也用力點頭。
「這樣呀……啊，對了，我之前的提議，妳跟由弦同學談過了嗎？」
「……之前的提議？」
「就是我的小孩和妳的小孩的那件事。」
千春笑咪咪地說。
讓自己的小孩和由弦跟愛理沙的小孩政治聯姻，為上西、高瀨川搭建友好的橋梁……

這就是千春所說「之前的提議」。

「噢、噢……那件事呀。」

愛理沙回以似笑非笑的笑容。

她的態度令千春面露疑惑。

「咦？你們還沒談過嗎？我也跟由弦同學說過了……」

「啊，不是的……說實話，我以為妳是在開玩笑，所以沒有認真考慮……」

千春提議時，愛理沙以為她只是在說笑。

然而，當她和由弦聊到這件事之際，至少由弦——儘管是以不確定的未來為前提——沒有把這當成玩笑話。

愛理沙對此感到強烈的異樣感。

「我不會拿這種事開玩笑啦。還有那麼久，到時我們的關係會是什麼樣子也不知道，可以說充滿著假設。不過……」

若兩位的小孩到了要挑結婚對象的年紀，請將我們上西家的孩子列為有力人選。

千春笑著說道。

「機會難得，我也搭個便車吧？……別忘了橘喔？」

亞夜香揚起嘴角。

兩人的氣勢嚇得愛理沙臉頰抽搐，點了點頭。

「好、好的……我、我會記在心上……」
將這件事當成遙遠未來的可能性，記在腦海的角落。
愛理沙給予模稜兩可的回應。

※

天空開始染上暮色時——
由於她們打算在天黑前離開，當天的聚會便落下帷幕。
「再見——」
目送朝她們揮手的亞夜香坐車離開後，愛理沙和天香望向對方。
「我們也回去吧。」
「嗯。」
兩人前往車站，搭乘電車。
「……我有件事想問天香同學。」
坐到位子上後，愛理沙立刻開啟話題。
天香歪過頭。
「什麼事？」

「關於政治婚姻……妳有什麼看法？老實說……她們跟我聊未來的——還沒出生的——小孩，我不知道該怎麼回應……」

愛理沙感到不安。

因為千春的態度太自然了。

再加上亞夜香也對她的提議不怎麼驚訝。

難道是自己觀念有問題？

愛理沙不禁想要自我懷疑。

「嗯……我認為妳的觀念很正常喔？」

「是……這樣嗎？」

「說起來，以一般人的角度來看，相親這件事本身就夠罕見了。」

這個時代，戀愛結婚是理所當然的，導致相親逐漸變得稀有。

政治結婚的人應該是瀕危物種吧。

倘若對象是尚未出生的小孩……根本堪稱化石。

「呃……那個，我想說在由弦同學和千春同學那樣的家庭，相親是不是很正常……」

愛理沙也知道以一般人的角度來看，自己的常識才是正確的。

可是……對於所謂的「上流階級」，她的庶民價值觀是不是很奇怪？

她產生了這個疑惑。

「妳可能沒有自覺，雪城……不如說天城家，也是非常有名的豪門吧。」

「好像是……」

經濟方面雖然在走下坡，但雪城家和天城家以前可是有權有勢的家族。

尤其是站在家世的觀點來看……他們可是高瀨川宗弦（由弦的祖父）看得上的名門。

「既然身在那種家庭的妳都覺得奇怪，那就是答案吧？……還是說，妳的家人全都會思考那麼遙遠的未來？」

「……不，並不會。」

連對政治婚姻稱得上積極的天城芽衣（愛理沙的表妹），都以為：「談還沒出生的小孩的婚約，是在鬧著玩吧？」

那就是一般人的觀念。

「我順便問一下，高瀨川同學實際上有什麼反應？她對千春同學的提議很有興趣嗎？」

「沒有，不到那個地步……只是有種『可能可以列入考量』，對這件事抱持積極的態度……」

充滿著假設。

遙遠未來的可能性。

假如生了小孩。假如孩子們願意——

儘管有這些前提……

但由弦明顯有那個意願。

「哦……果然如此。不愧是高瀨川家。」

「『不愧是』是什麼意思……？」

「因為大家都知道，高瀨川家和上西家在思想古板的人之中，也屬於格外古板的那類型。」

天香聳聳肩膀。

「或許是因為他們對於世襲、家名、血緣有所堅持吧。」

「……妳家不是嗎？」

凪梨家是所謂的「宗教團體」，也從事與其相關的生意。

愛理沙聽說過，天香八成會繼承家業。

天香和天香的雙親看起來也對「繼承家業」一事有所堅持……

「這個嘛……他們好像希望可以的話能由我繼承，可是並沒有特別期待。只要結婚生下繼承人，不管對象是誰，我的雙親和祖父母都無所謂。不如說是『如果妳願意結婚，我們會很高興……』的感覺？」

天香的雙親及祖父母對傳宗接代沒有太多堅持。

他們當然會期望天香繼承，如果天香生了小孩，會希望那孩子也繼承家業。

但不至於想到要讓尚未誕生的小孩繼承。

只是期望小孩繼承家業而已，並非為了傳宗接代而生子，也不會為此希望天香生下小孩。

「……這樣很正常，對吧？」

愛理沙喃喃說道。

儘管「繼承家業」聽起來很誇張，不過希望小孩做跟自己一樣的工作，對父母而言並不奇怪。

小孩想跟父母做一樣的工作，也沒什麼奇怪的。

愛理沙的養父及義妹……天城直樹和天城芽衣，和天香有著同樣的想法。

「對呀。幸好我們價值觀相同。」

天香展露笑容。

愛理沙則愁眉不展。

「代表我和由弦同學價值觀有差異呢……」

「嗯——對呀。他一定是……『生下來傳宗接代的小孩』。」

為了有人繼承家業才生兒育女。

表面上與「希望自己的小孩繼承家業」類似，其實正好相反。

因為要小孩繼承家業才是前提。

高瀨川由弦這個人，就是在這樣的家庭出生的。

「……對由弦同學來說，不正常的是我嗎？」

「就是這樣了，畢竟價值觀也沒那麼容易改變。但這不代表——」

電車在天香話講到一半時停下。

離她住的華廈最近的車站到了。

「那我先走嘍。」

「好的。明天見。」

天香起身走下電車。

然後目送愛理沙搭乘的電車離站……低聲說道。

「……加油。」

第五章　婚約對象和校外教學

十一月半的某一天……

「啊，由弦同學，你看。看得見富士山耶。」

愛理沙指著新幹線的小窗外面的藍白山峰，語氣輕快。

由弦也用力點頭。

「這樣啊……已經看得見富士山了……還要多久才會到？」

由弦忍不住嘆氣。

離目的地——京都、奈良——終於過了三分之一的路程。

之後他們必須前往看不見富士山的地方。

「嗯……一小時左右……是說，你不是也有帶旅遊手冊嗎？」

愛理沙看著校外教學的旅遊手冊，詢問由弦。

由弦聳了聳肩膀，輕笑出聲。

「呵……人生時常無法按照計畫行事。我不需要那種東西……」

「你嫌麻煩所以沒有仔細看？」

「簡單地說就是這樣。」

聽見由弦的回答，愛理沙當場傻眼。

沒錯，今天是二年級生的校外教學日，由弦和愛理沙也包含在內。

時間是四天三夜，目的地是經典的京都、奈良。

「你不期待嗎？」

愛理沙納悶地問。

看來她非常期待，反覆看了好幾次旅遊手冊。

早上她一副睡眼惺忪的模樣，令由弦印象深刻。

現在則或許是因為興奮的關係，愛理沙看起來毫無睡意……

（……希望她等等不要想睡。）

愛理沙把頭靠在由弦肩上睡覺……

他產生那樣的幻覺。

「怎麼會！這可是跟妳一起旅行，我怎麼可能不期待？」

由弦輕輕撫摸愛理沙的頭髮。

愛理沙舒服得瞇起眼睛。

「是嗎？那就好。」

她露出笑容，並未繼續追究。

果然心情很好。

（……我也不是不期待。）

但不至於像愛理沙那樣期待、雀躍。

這才是實話。

其實他跟家人來過好幾次京都、奈良。

他對歷史沒有熱愛到逛好幾次同樣的地方依舊能找到樂趣。

站在跟愛理沙和朋友們一起旅行的角度來看，他是挺期待的。不過……

同時也有種「京都、奈良啊……」的感覺。

可是，跟滿懷期待的愛理沙講這個沒什麼意義。

世上存在著可以不用說出來的真心話，以及不說出來會比較好的真心話。

「哎呀，妳竟然那麼期待，身為當地人真是太高興了。」

坐在愛理沙前面——她把椅子轉過來了，所以也可以說是對面——的少女，笑容滿面地說。

是上西千春。

沒錯，她的老家位於京都。

……實際上是返鄉。

是否真的能享受這趟旅程，令人有點存疑。

「經妳這麼一說，千春同學和天香同學的老家在京都，對吧？」
「對呀……那個，你們會想去嗎？我個人是不想讓本來就不怎麼強烈的校外教學心情，變得更加趨近於無……」
看來對千春而言，校外教學去京都、奈良果然不怎麼開心。
坐在千春旁邊的少女——凪梨天香也強烈贊同。
「……我也是……那個，要招待大家去我家……呃，也不是不行啦。」
天香一臉極度排斥的表情。
愛理沙連忙搖頭。
「沒、沒有，我不會想去……呃，也不是不想去……」
改天再說吧。
聞言，千春和天香用力點了點頭。
只要不是在校外教學的時候去，她們並不介意。
「要玩的話去遊樂園玩比較好啦，遊樂園……機會難得，要不要跑到大阪？」
千春奸笑著提出建議。
愛理沙一臉無奈。
「怎麼可以去無關的地方……」
「放心啦，學生可以自由行動，老師又不會無時無刻都盯著我們……」

千春好像不是開玩笑，而是真的想去。

的確，對她來說與其在當地觀光，不如去遊樂園玩。

愛理沙卻勸告千春：

「我能理解妳的心情……可是研究報告怎麼辦？」

由弦他們就讀的高中，校外教學原則上會讓學生自由行動。

不過，這既然是課程的一環，就不能只顧著玩樂、觀光。

必須事先定好跟京都和奈良有關的研究題目，調查相關資訊。

不能離開那個範圍，事後還有義務繳交研究報告。

「咦！愛理沙同學要認真調查嗎！這可是校外教學耶……」

「這可是校外教學喔？最基本的作業要認真做才行……」

兩人面露驚愕……

然後環視其他人的臉，徵求同意。

「我打算隨心所欲地觀光，之後再用謅的。」

坐在走道另一側的少年——佐竹宗一郎回答。

坐在宗一郎旁邊的少女——橘亞夜香點頭附和。

「我也是……我打算之後再抄宗一郎的！」

不知為何，她得意地挺起胸膛……

由弦苦笑著回答：

「我……拿在書上和網路上就查得到的東西當主題，事先寫好了……因為我不希望校外教學的期間動不動就想到還有報告要寫。」

由弦、宗一郎、亞夜香是千春派。

千春一副如我所願的態度，得意洋洋。

「我也跟由弦同學一樣，事先寫好了。校外教學期間我要玩到瘋掉。」

難得的校外教學。

別想什麼作業，專心玩樂才「正常」。

千春坦然地宣言。然而……

「我打算認真寫喔……因為我沒自信騙得過老師。」

「我也至少會讓報告看起來有那麼一回事。」

聖……以及旁邊那位剛好坐在千春和聖之間的少女——凪梨天香，對愛理沙的意見表示贊同。

有站在自己這一邊的人，愛理沙鬆了口氣。

千春卻仍舊一臉得意。

「我這邊是多數派。」

「唔……」

千春帶著贏家的表情，愛理沙則有點不甘心。
她面向由弦。
「由弦同學！身為我的未婚夫，你應該要贊成我的意見吧！」
「呃、呃，這跟那是兩回事……」
他為沒能站在愛理沙那邊一事感到愧疚，卻不打算改變想法。
……因為他不想在校外教學的時候還要想著作業。
「唔……好吧，作業是自己的，要怎麼寫是你們的自由……可是大阪無論如何都說不過去吧……」
報告的主題是「調查京都、奈良」。
萬一老師發現，問他們為什麼跑去大阪，到時可沒辦法說明。
「別擔心，不被發現就好……」
千春壞笑著說。
愛理沙面露困惑。
「這、這個……呃、呃，不過……」
「來，由弦同學……以未婚夫的身分跟她說幾句。」
千春似乎將由弦當成「同伴」了。
他們確實擁有類似的看法，然而……

「大阪太誇張了……老師也會在車站盯著吧？」
他無法贊成千春這個要去大阪的建議。
由弦決定以「未婚夫」的身分站在愛理沙那一邊。
愛理沙展露燦爛的笑容。
至於千春……
「唔……那算了。」
她乾脆地退讓。
違反規定實在不太好，於是她改變了主意……
不如說是在為愛理沙、聖、天香他們著想。
三人打算認真調查，不能跑去大阪玩。
「那就專心觀光吧。我負責帶路！」
千春用力挺起胸膛。
看來是期待著跟朋友一起旅行這件事本身。

「……真有趣。」
「什麼東西有趣，聖？」
「沒有啦……只是在想價值觀和思考模式的差異挺明顯的。尤其是作業這方面，徹底分成兩派……」

「噢……確實。可能是因為生長環境有差吧……」

天香和聖小聲交談著。

※

在那之後，他們又坐了約一小時的新幹線。

抵達目的地——京都站。

現在開始是自由活動時間。

有人按照事先提出的計畫行動，也有人偷偷跑去遊樂園玩。

由弦他們……

姑且屬於前者。

他們搭乘公車和地下鐵，前往各個觀光地、知名景點、博物館。

時間到了下午三點。

「總之……今天一定要參觀的地方都逛過了。」

「對啊，比想像中還順暢。」

天香和聖滿意地說。

兩人都在這一天將寫報告需要的最低限度資料調查完畢。

考慮到還有三天，時間可以說相當充裕。

「都是託小愛理沙的福。」

亞夜香笑著稱讚愛理沙。

由弦也用力點頭同意。

「對啊……好好感謝她。」

「你在跩什麼……」

宗一郎當場傻眼。

一行人之所以能參觀得那麼有效率，是因為愛理沙先問過每個人想去的地方，規劃了觀光路線。

拜其所賜才沒有迷路。

「哎呀，真的太感謝愛理沙同學了……妳比我更熟京都吧？」

千春也把愛理沙捧得高高的。

這次，身為當地人的千春沒幫上什麼忙。

……因為她這個千金大小姐，不熟悉當地的大眾運輸工具。

「別、別誇我了……我們先去飯店吧。」

雖說是自由行動，但當然不能一直待在外面。

規定下午五點前要回到校方預訂的飯店。

這裡離飯店有段距離……

不過有兩小時的時間，應該來得及。

就這樣，由弦他們動身前往飯店。

然而……

「那個……愛理沙同學。我想請問一下……明天的行程是什麼？」

「明天嗎？明天要去……」

愛理沙拿出筆記本給千春看。

千春的臉垮了下來。

「……怎麼沒有排清水寺！」

「咦？妳的研究主題……跟清水寺無關吧？不如說，妳不是先寫好了嗎？」

校外教學不是來玩的。

旅行結束後，需要按照事先決定的研究主題寫報告提交。

因此，行程反映了想要認真寫報告的聖和天香，以及愛理沙本人的需求。

接著是宗一郎跟亞夜香。

由弦和千春的要求則不包含在內。

當然不是愛理沙故意使壞……而是由弦和千春沒有提出想去的地方。

他們都提前寫好報告了。

所以沒有不得不去的場所。

應該要以打算認真研究的聖、天香、亞夜香的需求為優先……這是兩人的想法。

……結果就變成以博物館和美術館為主，知名景點的順位則被排在後面。

「是沒錯……可是明天不去的話就沒時間去嘍？到京都觀光竟然不去清水寺，跟沒加章魚的章魚燒一樣。」

其實，第三天以後會移動到奈良縣。

亦即只有今明兩天能在京都觀光。

「嗯……但明天的行程挺滿的……」

「……好吧，我也不會勉強妳。」

千春想跟大家一起留下有校外教學氣氛的回憶……

但她事後才提出意見，沒資格多說什麼。

「……那要現在去嗎？」

「咦？……現在？」

愛理沙突然改變方針，令千春瞪大眼睛。

她對驚訝的千春露出淘氣的微笑。

「我也有點想去了。大家覺得呢？……不行嗎？」

由弦等人面面相覷……點了點頭。
愛理沙露出滿足的笑容，千春也興奮得兩眼發光。

※

清水寺附近的某家店……
「你們兩個太慢了。」
由弦對從更衣室出來的宗一郎和聖說。
兩人同時聳肩。
「是你太快了。」
「平常會穿和服的人就是不一樣。」
三人穿著和服。
當然不是自己帶的。
是租來的。
世上存在著出租和服的店家，提供給想穿和服觀光的觀光客。
他們使用了那個服務。
「那幾個女生……還沒好啊？」

「好慢喔。」

「沒辦法，女生比較花時間」

聽見由弦這句話，宗一郎和聖同時皺眉。

臉上寫著「你剛剛才嫌過我們慢」。

三人等了五分鐘左右……

「久等了……」

身穿和服的愛理沙愧疚地走出更衣室。

是件鮮紅色的紅葉花紋和服，非常有秋天的氣息。

「好看嗎……？」

「好看，很漂亮。」

由弦的稱讚令愛理沙臉頰微微泛紅。

她開心地露出嬌羞的笑容。

過沒多久，剩下三個人也從更衣室出來了。

她們分別穿著配合喜好及代表色的和服。

「先去本堂吧。」

一行人聽從愛理沙的提議，爬上坡道往本堂前進。

「對了，聽說在這條坡道上跌倒的話，三年內會死喔。」

爬樓梯的途中，天香愉悅地開口說道。

天香喜歡這種跟詛咒、神祕學有關的事。

不過有喜歡這種話題的人，也有討厭這種話題的人。

「咦？那、那是什麼傳聞……」

愛理沙臉色蒼白。

她似乎非常害怕，緊緊抓住由弦的手臂，彷彿表示絕對不會跌倒。

……反而是由弦感覺會被她害得跌倒。

「嗯？我好像有印象。在繪本之類的東西上看過……」

聖納悶地歪過頭。

由弦確實也聽過「只能再活三年」之類的傳說。

記得是……

「你說的是〈三年坡〉嗎？」

「就是那個！」聖大聲回答宗一郎。

由弦也想起來了。

小學在國文的教科書上看過。

「……我也聽過。那個故事害我晚上睡不著。」
「咦……」
見愛理沙嚇得面無血色，由弦感到困惑。
前半部是很可怕沒錯，但結局應該是圓滿收尾。
至少沒有可怕到晚上會睡不著。
「不過，我總覺得那不是清水寺的故事……」
亞夜香回答了愛理沙的疑惑。
「〈三年坡〉是韓國的民間故事。但做三次什麼事會被詛咒的傳說哪裡都有，不只清水寺。說不定……妳家附近的坡道就是喔？」
亞夜香壞笑著對愛理沙說。
愛理沙身體一顫，低聲說道。
「……從今以後，我走路會避開坡道。」
看來在愛理沙心中，〈三年坡〉是恐怖得害她留下心靈創傷的故事。
（要是給她看網路上到處都找得到的「看三次會死的畫」，會怎麼樣呢……）
由弦非常好奇。可是愛理沙搞不好真的會嚇死，他決定不要做這種惡作劇。
「怎麼可能有什麼詛咒？要是真的存在，高瀨川家早就滅亡了。」
千春愉快地說。

聞言，愛理沙抬起蒼白的臉孔看著由弦。

「……以前，高瀨川家被人詛咒過全族。」

「那、那個詛咒……我也算在對象內嗎？」

「這個嘛……要問下咒的人嘍？」

由弦邊說邊望向千春。

她輕輕聳肩。

「不知道。下咒的不是我，是我的祖先。照理說應該算吧。」

千春帶著邪惡的笑容對愛理沙說。

愛理沙面露不安。

「我、我……不想死。有、有沒有辦法解除詛咒？」

「跟我說也沒用……下咒的人已經死了。不過如妳所見，由弦同學還活跳跳的，高瀨川家也家業興旺，根本沒效啦。」

「到頭來，詛咒只是迷信吧？一直放在心上，才會覺得身體變差了。所以……愛理沙最好也不要去在意。」

由弦和千春這番話，似乎讓愛理沙稍微放下了心。

她露出安心的表情。

說到清水寺……
就是因為「從清水舞台跳下去」這句俗諺而變有名的「清水舞台」。
另一個知名景點則是……
「戀籤呀……會準嗎？」
天香半信半疑地說。
「聽說很準喔……」
清水寺境內的「地主神社」供奉著結緣的神明，能在那裡抽的「戀籤」相當有名。
聖看著手機回答。
千春對他聳了聳肩膀。
詛咒、占卜全是錯覺。
她臉上寫著這句話。
沒有直接說出口，應該是因為這裡不是自己家的神社。
「我和愛理沙就不用抽了。」
「畢竟我們已經是情侶、婚約對象。」
愛理沙笑咪咪地回答由弦。
亞夜香對兩人揚起嘴角。
「哎呀……難說呢？搞不好能知道你們今後的發展喔？」

「最近你們一直為芝麻小事吵架，最好抽一下吧？」

由弦和愛理沙下意識地板起臉。

因為他們講得像是兩人之後又會再吵架一樣。

不過，兩人也沒辦法斷言絕對不會發生那種事。

「哎唷，抽籤比起占卜，更接近神明給的建議，抽了也不會有損失吧？……雖然大部分的內容都是打安全牌。」

聽見千春這麼說……由弦和愛理沙面面相覷，點點頭。

抽個籤而已，沒關係吧？

於是，七人分別抽了戀籤。

結果……

「喔，是吉……」

「哎呀，是吉……」

聖和天香的語氣透出一絲喜悅。

雖說不是大吉，這個結果也不錯了。

「喔，是大吉！哎呀，果然是因為我平常有在做善事吧。」

語氣更加喜悅的人，是千春。

明明一副不相信占卜和詛咒的態度，看起來卻挺高興的。

她的方針似乎是只相信好結果。
「半吉啊……大吉或大凶還比較好……」
「唔，小吉……至少來個吉以上或凶以下吧，不然我真不知道該做出什麼樣的反應。」
亞夜香和宗一郎同時苦笑。
兩人好像都不太信抽籤。
應該只把它當成一個話題吧。
最後是……
「末、末吉……」
「……我也是末吉。」
由弦和愛理沙臉頰抽搐。
怎麼說都稱不上好結果。
由於不是凶，或許也不算太差……
「千春同學……末吉是什麼意思？」
愛理沙擔心地詢問千春。
千春探出頭，邊看愛理沙的籤詩邊回答：
「嗯——現在雖然不太好，之後會逐漸改善的感覺吧？既然會逐漸改善，大致上可以說是好結果？」

「這、這樣呀……」

即使有了千春的鼓勵，愛理沙依舊垂頭喪氣。

她果然是會把占卜或抽籤的結果——特別是壞結果——放在心上的類型。

「如果抽到不好的籤要綁起來嗎？」

「對呀。話說回來，由弦同學……你會在意這種事？」

「咦？嗯……多少會吧？」

千春很意外的樣子。由弦露出似笑非笑的笑容。

事實上，先不論相不相信，高瀨川家挺重視許願的。

「難道你覺得你們現在的關係不太好？」

「咦？怎麼會……」

「怎麼可能？」

由弦和愛理沙連忙否定。

千春露出苦笑，大概是透過兩人的反應察覺到了什麼。

「這種東西上面都會寫著能套用在每個人身上的結果，最好不要想太多。」

兩人露出複雜的笑容。

「好不容易有機會出來玩……稍微分個組吧……應該也有人想跟婚約對象獨處。」

在亞夜香的建議下，七人決定分組行動。
有部分是顧慮到由弦和愛理沙這種想跟「特別親近的人」在一起的人……
更重要的是七人共同行動有點擠，會給其他人造成困擾，所以他們才下了這個判斷。
「那麼，去買土產吧。」
由弦向愛理沙伸出手。
她點了點頭，輕輕握住他的手。
「好的。」
兩人牽著手邁步而出。

「最安全的果然是八橋吧……不過，要買哪一家的八橋呢……」
愛理沙拿著一盒八橋，陷入苦思。
不只清水寺，京都各個角落都有在賣八橋。
而且有許多家廠商。
「買這家的就行了吧？有各種口味。」
「啊，真的耶。好像很有趣。」
愛理沙點點頭，把由弦拿給她看的八橋放進購物籃。
然後用手抵著下巴。

「由弦同學有想好要買什麼嗎？」
「送親戚的八橋……還有送家人的年輪蛋糕。」
「年輪蛋糕？」
愛理沙面露疑惑。
由弦苦笑著點頭。
「我妹說她吃膩八橋了……好像有抹茶口味的年輪蛋糕，她叫我買回去。」
「原來如此。年輪蛋糕……我好像有看到……啊！是不是那個？」
「……嗯，大概是吧。」
由弦將愛理沙找到的年輪蛋糕放進籃子。
愛理沙同樣拿了一盒放進去。
「妳也要買嗎？」
「給我和妹妹吃的。」
愛理沙露出淘氣的微笑。
看來在她眼中，年輪蛋糕也比八橋吸引人。
暫時把該買的量都買完後，兩人開始散步尋找有沒有其他有趣的東西。
由弦馬上拿起一個東西……
「你要買醃漬物嗎？」

「沒有，還沒決定要不要買……只是覺得看起來很美味。」
儘管由弦實在稱不上擅長做菜，煮個飯倒是沒問題。
白飯再加上醃漬物、水煮蛋、香腸這種加熱後就能吃的東西……便是基本的一餐。
「確實很美味的樣子。買了也不愁用不到，我也……啊——可是有好多種喔……」
醃漬物也有分很多種。
使用的蔬菜不同，醃漬法也會有所差異。
要選哪一種令人煩惱。
幸好其中一部分有提供試吃。
「嗯……這個紫蘇漬味道不錯……妳覺得呢？」
由弦吃了口紫蘇漬。
然後用另一根牙籤叉起一口份的紫蘇漬，餵給愛理沙。
愛理沙張嘴咬下。
「嗯……確實滿好吃的。可是都難得來一趟京都了，不會想買比較特別的嗎？例如這個……」
「唔……」
她將醃漬物塞進由弦口中。
由弦咬了下去，感覺到爽脆的口感。

接著是神祕的黏稠感和柚子的味道。

「這是……山藥？」

「是的，好像是跟柚子皮一起醃漬的。除了這個，還有各種口味……」

「哦……種類還真多。」

既然可以試吃，就多試吃幾種吧。

兩人如此心想，互相餵食，討論著哪種醃漬物比較美味。

煩惱過後，他們分別買了兩種自己喜歡的——口味與基本款有些許差異的醃漬物。

「……愛理沙，要不要我幫妳拿土產？」

由弦詢問愛理沙。

醃漬物、八橋、年輪蛋糕……

東西挺多的。

他的建議令她有點煩惱。

「嗯、嗯……」

「……不用客氣喔。」

「……那麼，那個……」

愛理沙點點頭……

輕輕地把雪白的手放在由弦手上。

「比起土產……我更希望你牽我的手。」
愛理沙臉頰泛紅，抬頭看著由弦。
由弦有點驚訝，揚起嘴角用力點頭。
「嗯，知道了。」
他握緊愛理沙的手。
然後咧嘴一笑。
「……不小心跌倒就只能再活三年嘍。」
「啊……好、好過分！我好不容易忘記了！」
為什麼要害我想起來！
愛理沙氣得豎起眉峰。
「對不起、對不起。」
「……由弦同學好差勁，我討厭你。」
「……那我可以不牽妳的手嘍？」
「……不可以。」
愛理沙別過頭……卻握緊由弦的手，還勾住他的手臂。
兩人就這樣走向集合地點。
「……由弦同學。」

路上，由弦突然被愛理沙呼喚而望向旁邊。
愛理沙抬頭注視由弦的臉。
「那個……可以問你一個問題嗎？」
「怎麼了？妳有什麼疑惑嗎？」
「……嗯，有件事有點在意。」
經過片刻的沉默，愛理沙接著說道：
「你……那個，會不會對現狀感到不安？」
「不安？……呃，跟妳的關係？」
「不、不是的……那個，是整體而言。」
整體而言。
話雖如此，但她確實是在問他們兩個的關係吧。
由弦想了一下後回答：
「嗯，沒什麼不安的吧？」
由弦有時會感受到他跟愛理沙的價值觀確實有些許差異。
有時也會覺得兩人的喜好有差。
實際上，他們購買的醃漬物種類就不一樣。
不過……僅此而已。

例如……由弦和愛理沙的關係是政治結婚，還是戀愛結婚。

這部分的認知雖然也有一點出入，卻稱不上嚴重。

稱不上嚴重……照理說。

至少由弦是這樣認為的。

「……這樣呀。」

「那個……妳該不會……很在意籤詩的內容？」

愛理沙苦笑著說：

「嗯、嗯……就……那個，有一點……畢竟那裡的籤聽說滿準的。」

「……千春也說了，最好不要太在意。不過如果妳認為有說中的部分，判斷籤詩給的建議有道理，照著做或許會比較好。」

籤詩的內容只會打安全牌，反過來說就是上面的建議都很安全。

若有覺得加以改善會更好的地方，最好這麼做。

在由弦心中，籤詩就是那種東西。

「……說得也是。」

愛理沙小聲應允。

※

「哎呀，雖然事到如今講這個根本是馬後炮……幸好趕上了。」

「……真的差點來不及。」

愛理沙感慨地回應由弦。

兩人正待在飯店的男生房。

他們回到飯店，吃完晚餐，洗完澡……剛到由弦、宗一郎、聖的房間集合。

「跑計畫以外的行程果然不太好呢……要不要乾脆趁現在把明天的行程也重新擬定一次？」

「明天的行程明天再想就行啦。校外教學的時候，生活感也很重要。」

天香和亞夜香紛紛說道。

她們說的「計畫外的行程」是指繞去清水寺。

從清水寺到飯店比七人所想的更花時間……

他們在最後一刻才驚險入住。

老師還稍微念了句：「記得要多預留一些時間……」

「唉唷，事情都過去了，一直放在心上也沒用。與其煩惱那個，不如享受當下。」

千春一面說著……

一面打開背包，把裡面的東西倒出來。

從中冒出大量的點心及遊戲。
「千春同學……再怎麼說，那麼多的量……」
不可能吃完吧。
愛理沙臉上的苦笑彷彿這麼表示。
千春則笑容滿面地回答：
「還有三個晚上可以吃，這點量很正常啦。我才要問，妳有沒有帶吃的過來？」
「嗯。雖然是買來而不是帶來的……」
愛理沙邊說邊拿出……
「哦……醃漬物呀。」
「看起來滿好吃的。而且我想說都是零食你們可能會吃膩……帶零食比較好嗎？」
在清水寺購買的醃漬物。
除了土產，她還買了今晚要吃的份。
事先得知「大家會聚在飯店吃零食玩遊戲」的愛理沙，選擇了醃漬物當「零食」。
「不錯呀？我喜歡！」
看到愛理沙的選擇，千春露出愉快的笑容。
聖則是面色凝重。
「是嗎，醃漬物啊……」

「……你討厭吃醃漬物？」
「不，只是沒想到有這招。早知道我也買那個……我只買了安全牌。」
聖邊說邊拿出一盒八橋。
天香露出尷尬的表情。
「……聖也買八橋？」
「……妳也是喔？」
「對、對呀……」
她好像也買了八橋。
兩人一同環視眾人，彷彿在問：「還有人買八橋嗎？」
……幸好買八橋的只有他們。
兩人鬆了口氣。
「哎呀，兩位真相配……」
亞夜香奸笑著調侃兩人。
他們同時板著臉別過頭。
「沒關係啦，這盒是本家，這盒是元祖，剛好啊？老實說我滿好奇的，比較看看吧。」
由弦笑著說道。
同樣是「八橋」，製造商卻不一樣。

「先別聊零食了。要玩什麼？……我想打麻將。」

宗一郎拿起千春帶的麻將卡。

打麻將通常是用牌，這是以紙卡代替的版本。

「麻將啊。不錯呀？」

「機會難得，要不要賭零食？」

亞夜香和千春興致勃勃。

然而……

「對不起，我不會打麻將。」

「……我也不會。」

愛理沙跟天香一臉愧疚地說。

宗一郎露出「糟糕……」的表情。

他似乎以為大家都會打麻將。

「那還是算了……人狼遊戲如何？下載App就能玩。」

聖秀出手機螢幕。

愛理沙和天香也知道人狼遊戲的規則，紛紛點頭。

就這樣，漫長的夜晚揭開序幕。

「……由弦同學，你其實在騙人吧？」
「我、我不是說過我是村民嗎？」
「真的嗎？請你看著我的眼睛說。」
愛理沙盯著由弦的眼睛。
他忍不住移開目光。
「啊！果然不敢看我！這個人是人狼！」
「不是，冤枉啊！」
「那你為什麼不敢看我？」
「因為……妳的眼睛太耀眼了。」
「……你真的這樣想？」
「愛、愛理沙，別、別盯著我看……我說，她這樣犯規吧？」
由弦抗議愛理沙犯規……
亞夜香等人卻一直大笑，沒有贊同由弦。
結果他在那一局慘遭殺害。
「看，果然是人狼。」
愛理沙一臉得意。
相當可愛……但總覺得有點不爽。

報復的機會很快就來了。

「……欸，愛理沙，真的嗎？妳真的不是人狼？」

由弦將額頭靠在愛理沙的額頭上問。

愛理沙面紅耳赤。

「就、就說不是了……」

她羞得試圖逃跑。

由弦卻抓住她的下巴，不讓她逃掉。

「看著我的眼睛，愛理沙。」

「別、別這樣……好、好害羞……」

「不行。妳剛剛也對我用過這招吧？來，看著我的眼睛說妳不是人狼。」

愛理沙用翠綠色的眼眸看著由弦……

聲音在顫抖，卻明白地告訴他：

「我、我不是……人、人狼。」

「……真的？」

「你、你在懷疑我？怎麼這樣……」

愛理沙神情悲傷，彷彿在罵他：「太過分了！」

由弦卻沒減緩逼問她的攻勢。

「嗯，因為妳說謊的時候嘴角會有點上揚。」
「哪、哪有……騙人。」
愛理沙遮住嘴角。
由弦不禁失笑。
「抓到一個笨蛋嘍。」
「啊……不、不是的，剛、剛剛那是……」
愛理沙的辯解毫無效果，大家都投票給她。
於是，愛理沙被處刑了。
「好、好過分……由弦同學！」
「呃，妳也對我做過同樣的事啊。」
遊戲結束後，由弦和愛理沙開始爭執。
亞夜香他們見狀，拍著手大笑。
「唉唷，兩位冷靜點。」
「站在戰略角度來看，從表情判斷對方是不是在說謊的確可以……不過一直用這招太老套了，之後改成犯規吧。」
亞夜香和千春笑著勸架。
由弦聽了點點頭，收起矛頭……

「不行。雖說是遊戲，由弦同學不可以騙我……也不能不相信我……」
「對不起啦……以後我們都別用這招吧？」
愛理沙悶悶不樂地捶打由弦的胸口。
由弦摸著她的頭，試圖安撫她。
「不行，不可以……我受傷了，不原諒你。」
愛理沙鼓起臉頰。
她好像不是真的生氣。
卻進入了有點纏人的模式。
「那個……怎麼樣妳才願意原諒我？」
「嗯……吻我。」
「……咦？」
由弦忍不住發出困惑的聲音。
愛理沙靠在由弦胸前，像雛鳥似的抬起臉。
完全是在跟他索吻。
「可、可是，在這邊有點……」
要在朋友面前跟愛理沙接吻……就算是由弦也會害羞。
他環視其他人求救。

這時……

「……小愛理沙的臉是不是有點紅？」

「唔，確實……」

由弦把手放到一有機會就想親他嘴巴的愛理沙的額頭上，皺起眉頭。

體溫感覺比平常高。

「那個……雖然我覺得不太可能……」

千春苦笑著說……

「愛理沙同學是不是喝醉了？」

指向含酒的巧克力。

※

「愛、愛理沙……我們先出去吧。」

「嗯……出去你就會親我嗎？」

「嗯，會。走吧，去外面。」

由弦硬拉著愛理沙站起來。

她有點搖搖晃晃地起身……跳起來撲向他的臉。

「有破綻！」

「愛、愛理沙，別、別這樣。我會親妳啦……」

由弦好不容易躲開愛理沙的吻，用力按住她的肩膀。

愛理沙一臉不滿。

「那你什麼時候要親我？」

「到外面再說。」

「外面是哪裡？」

「先到陽台去吧。呼吸室外的空氣。」

「嗯……我現在就要你親。」

「不、不好吧……」

由弦望向亞夜香他們求救。

他們卻一副置身事外的態度……

「小愛理沙酒量好差……」

「她看起來很會喝的說。」

「我還以為她能直接拿一整瓶伏特加灌。」

亞夜香、千春、天香正暢所欲言。

宗一郎和聖兩人……背對著這邊。

我們沒在看。
愛怎麼親就怎麼親吧。
彷彿如此表示。
「你無論如何都要去外面嗎？」
愛理沙語氣無奈。
看來她願意出去了。
由弦急忙回答：
「嗯！想去外面！……我該怎麼做？」
「請你用公主抱的方式抱我去。」
「小事一樁！」
由弦抱起愛理沙。
愛理沙露出滿足的表情。亞夜香等人讚嘆出聲。
「我、我們先……到外面去……小亞夜香，可以幫我開窗嗎？」
「好好好，兩位慢走——」
亞夜香打開落地窗。
抱著愛理沙來到戶外後，由弦便迅速關上窗戶，拉起窗簾。

這樣他和她在陽台做什麼，都不會被裡面的人看見。
「總之……來，愛理沙，坐下……唔！」
由弦才準備放愛理沙坐下……
她就用雙手摟住由弦的頭，堵住他的嘴巴。
愛理沙的舌頭鑽進由弦口中。
由弦下意識瞪大眼睛。
他暫時任憑愛理沙處置……
體感時間過了一分鐘。
愛理沙大概是滿足了，放開由弦。
「呼……愛、愛理沙，妳滿足了嗎？」
由弦用手擦拭嘴角，詢問愛理沙。
愛理沙搖搖頭。
「嗯……還沒。」
「……那妳要我做什麼？」
「你先坐下。」
由弦聽從她的指示，在她對面的椅子坐了下來。
愛理沙站起身……

「嘿嘿嘿。」

帶著可愛的笑容，坐到由弦的大腿上與他相對。

然後將他的頭……擁入懷中。

傳來柔軟的觸感。

「由弦同學喜歡我這裡……對不對？」

「嗯、嗯……喜歡……」

由弦困惑地回答。愛理沙滿意地點頭。

「由弦同學是因為喜歡我，才跟我訂婚的吧？」

「這還用說？我才不想跟不喜歡的人訂婚。」

由弦納悶地回答愛理沙的問題。

她繼續詢問他。

「是因為愛我，才跟我結婚的吧？」

「那當然。我才不想跟不愛的人結婚。」

事到如今，問這個做什麼……

由弦懷著疑惑點頭。

（是因為喝醉了嗎……？）

他暗自在內心苦笑……

「不是政治婚姻吧？」

她接著提出的問題，令由弦的心跳漏了一拍。

（……她還在意著當時的事啊。）

對由弦來說，他和愛理沙的婚約是戀愛結婚。

但不能否認那是一場政治婚姻。

「……由弦同學？」

愛理沙不安地呼喚由弦。

回答「沒錯，不是政治婚姻」，讓愛理沙放心，對他而言輕而易舉。

不過，這麼做只是在敷衍她。

而且……光是沒能立刻回答，就缺乏說服力。

既然如此……他只能老實傳達自己的想法。

「……我是高瀨川家的繼承人，繼承高瀨川家便是我的使命，我有義務跟合適的對象結婚，傳宗接代。」

此乃高瀨川由弦這個人誕生的意義、目的。

那是他單憑生為高瀨川家長男這個理由，就能繼承家人的財力及政治力的條件兼代價。

無法逃避……不，是不能逃避。

他也沒打算逃避。

所以……

「能認識妳這個人，跟妳訂婚共度一生……我由衷感到放心，也覺得很幸福。妳是我的未婚妻真的太好了。」

由弦最後非得找個對象結婚不可。

因此，「對象不是我愛的人就不結婚」這個選項，打從一開始就不存在。

他只想跟喜歡的人、所愛的人結婚，但那也只是想而已。

「能遇到妳這個發自內心喜歡、深愛的人，對我來說是人生最大的幸運。我也很慶幸自己生為高瀨川家的人……擁有能跟妳結婚的身分。」

太好了，政治婚姻的對象是愛理沙。

太好了，自己是能跟愛理沙締結政治婚姻的身分。

那就是由弦的真心話。

「……這樣不行嗎？」

「……」

經過片刻的沉默……

愛理沙喃喃說道。

「你是這樣想的嗎？原來如此……」

然後用力點頭……

「能讓心愛的你得到幸福，我也打從心底覺得很幸運。」

笑容滿面地回答。

※

隔天早上，坐公車移動的期間……

「昨晚的愛理沙同學好大膽。」

「……昨晚嗎？」

愛理沙對露出奸笑的千春歪過頭。

思考了一下後……回問：

「妳指的是？」

「哎呀，妳不記得了？」

天香感到意外。

愛理沙用力點頭。

「……是的。我記得我們在玩人狼遊戲，之後就沒記憶了……」

「妳吃巧克力吃到醉了。」

亞夜香壞笑著說。

愛理沙睜大眼睛。

「哦……原來發生了那種事。意思是……我在途中睡著了嗎？醒來的時候，我已經躺在床上……」

「嗯，確實是在途中睡著了……」

「睡著前的妳真的很大膽。」

亞夜香和千春說著「對吧——」相視而笑。

兩人的舉動令由弦不由得皺起眉頭。

「她又不記得，別再聊那件事了……」

「不過很可惜耶。」

「竟然不記得那麼熱情的告白。」

宗一郎和聖笑得合不攏嘴。

由弦不禁羞紅了臉，別過頭。

昨天晚上——

聽完由弦的回答，愛理沙便沉沉睡去，不曉得是放心了、喝醉了，還是太累了？

由弦送她回到女生房，抱她到床上睡覺。

……到這邊為止還沒有怎樣。

然而回到男生房後，他卻被亞夜香等人調侃了一番。

亞夜香他們竟然在屋內偷聽，實在不可取。

「那個——由弦同學……對我說了什麼嗎？」

愛理沙疑惑地問。

由弦用力搖頭。

「沒有，沒什麼大不了，別在意。」

那是由弦的真心話，同時也是令人害羞的發言。

既然愛理沙不記得，他便希望她一直不要想起來。

「就我聽來，不像沒什麼大不了的樣子……不如說還滿重要的吧？你不覺得再跟她說一次比較好嗎？」

天香笑著說。

明顯在逗他……同時也沒說錯。

愛理沙因為自己跟由弦價值觀的差異而感到不安，這是事實。

假如她忘了由弦的回應，就必須重新告訴她一遍。

「是沒錯……不過……那個，總是有其他說法……如果愛理沙忘記了，我會再跟她說一次，當然是趁你們不在的時候。」

沒打算在這邊講。

由弦斷言道。

「哦——」聽見由弦的回答，天香一臉感到無趣的樣子。

然後面向愛理沙。

「愛理沙同學沒印象嗎？」

「我連你們指的是哪件事都不知道……」

「例如妳對高瀨川同學說了什麼。」

「……不記得。我說了奇怪的話嗎？」

「妳剛才笑了一瞬間，以為騙過我們了，對吧？」

愛理沙反射性地遮住自己的嘴角。

然後猛然驚覺。

「我、我不知道……」

「抓到一個笨蛋嘍。」

「別這樣！我不記得我有跟他索吻！」

愛理沙斬釘截鐵地表示自己不記得，沒有印象。

然而……其他人同時一臉錯愕。

「……怎麼了？」

「……愛理沙，沒人說妳跟我索吻啊。」

由弦苦笑著告訴她。

愛理沙的臉頰馬上泛起紅潮。

「哈哈——其實妳記得吧？」

「假裝忘記，想把這件事當成沒發生過……真狡猾。」

亞夜香跟千春立刻開始揶揄愛理沙。

她難為情得縮起身子。

「不、不要再說了。我那個時候不正常……」

愛理沙害羞地解釋。

宗一郎和聖則愉快地笑著。

「太好嘍，由弦，愛理沙同學好像記得很清楚。」

「那麼熱情的告白，被忘記也太難過了。太好嘍，太好嘍。」

「你們喔……」

由弦忍不住嘆氣，然後微微一笑。

他雖然會不好意思，但同時也因為愛理沙還記得而感到放心。

……好不容易忍住羞恥，向她坦承真正的想法，被忘記未免也太可憐了。

「幸好妳記得。我還以為對愛理沙來說，那是一不小心就會忘記的小事。」

由弦一掃心中的陰霾，為了轉移針對自己的攻勢，站到調侃愛理沙的那一邊。

愛理沙以翠綠色的眼睛瞪向由弦。

「連、連由弦同學都……我討厭你。」
由弦詢問別過頭的愛理沙：
「怎麼這樣……如果我親妳一下，妳會原諒我嗎？」
「別、別再逗我了！」
愛理沙紅著臉大叫。

epilogue 終章

校外教學結束後的某一天……

由弦跟愛理沙一起來到醫院。

「真、真的……真的不會痛嗎？」

「別擔心，這裡的醫生技術很好。」

「……我、我相信你喔？」

沒錯，兩人是來打針……打流感疫苗的。

不過由弦早就打過了，要打針的只有愛理沙。

他是來陪她的。

「用不著那麼怕啦。大家都會打。」

「是、是嗎……？那……」

就在這時——

「嗚哇啊啊啊啊！」

驚悚的哀號聲從診療室傳遍四方。

愛理沙輕聲尖叫，抱住由弦。

臉頰因恐懼而抽搐著，注視診療室的門。

……過沒多久，嚎啕大哭的幼童及疑似母親的女性從中走出。

「果、果然！會痛嘛！由、由弦同學……你、你騙我？」

好過分！虧我這麼相信你！

愛理沙對他露出這樣的表情。

由弦不禁嘆氣。

「那孩子是幼兒園生……妳是高中生吧？」

「那、那又……怎麼樣？」

「小孩子這種生物，碰上一點小事……摔個跤都會哭。但妳不一樣吧？不會因為跌倒就哭吧？」

「這、這個嘛……是沒錯……」

不怎麼痛。

那孩子是幼兒園生，所以反應才會那麼大。

由弦如此鼓勵愛理沙。

「妳看那個小孩……看起來是小學生，他就沒哭啊？」

「……的確。」

「小學生都不怕了，妳是高中生吧？絕對沒問題的。」
「說、說得也是！」
由弦的激勵好像讓她有了自信。
愛理沙的表情變得明朗了一些。
可是……
「雪城小姐，雪城愛理沙小姐。」
「嗚……」
她的表情再度蒙上陰霾。
「由、由弦同學……」
「嗯，別怕……我陪妳一起去。」
由弦為愛理沙打氣，走進診察室。

醫生和護理師起初露出「為什麼連無關的男性都一起進來？」的表情……
不過看到愛理沙緊張得瑟瑟發抖，就理解了一切。
他們沒有把由弦趕出去，允許他陪在愛理沙旁邊。
「好、好恐怖……我好怕，由弦同學……」
「嗯，別怕，乖，我在妳身邊……」

由弦輕輕握住愛理沙因恐懼而顫抖不已的手。

大概是由弦手掌的溫度使愛理沙感到放心，她緊繃的身體放鬆下來……

「來，雪城小姐。不要動喔……」

「哇！」

被護理師抓住手臂的愛理沙放聲尖叫。

手臂又忍不住用力了。

「還、還沒……還沒好嗎！」

護理師在她的手臂上塗抹酒精。

愛理沙雙眼緊閉。

「嗚……」

愛理沙輕聲呻吟。

然後詢問由弦：

「好、好了嗎……？」

「冷靜點，愛理沙，那只是在消毒。」

「怎、怎麼這樣……」

愛理沙全身都在發抖。

護理師一臉傻眼。

由弦感到非常不好意思……反射性地對護理師低頭致歉。
「會有點刺痛喔……」
針筒終於接近愛理沙的手臂
「嗚……」
針頭刺進雪白的肌膚。
「好了，三、二、一……」
愛理沙表情微微扭曲。
「呼……」
針頭拔出。
那個瞬間，她繃緊神情。
然後……
「好了！請按住這裡。」
「呼……呼……」
愛理沙睜開眼睛，露出放心的表情。
兩眼微微泛淚……面向由弦說道：
「辦、辦到了！由、由弦同學！我、我辦到了！」
「嗯、嗯……太好了。」

由弦非常難為情。

「呼……這樣我也離大人近了一步。」

「啊──嗯，大概吧。」

回到由弦家後。

由弦對洋洋得意的愛理沙露出尷尬的笑容。

……只是打個針而已。

但他不會講出來。

因為這件事對由弦來說雖然微不足道，對愛理沙來說可是巨大的一步。

恐怕，一定，大概。

「……不過由弦同學，你騙了我，對吧？」

「……咦？」

「……會痛。」

愛理沙面露不悅。

她似乎覺得自己被騙了。

「呃，我認為那已經算是比較不痛的……妳不也忍住了？」

「的確忍住了沒錯……但還是會痛。」

「這……畢竟是打針，多少會有那麼一點感覺吧。」

針頭要刺進體內，不可能完全不痛。

「可是……會痛！」

「……嗯，知道了。是我不好。」

「……你敷衍我。」

「唉、唉唷，因為……」

即使是由弦，也無法體會打個針就要鬧脾氣，嚇成那樣的愛理沙的心情。

不過……

「嗯，愛理沙，妳真了不起。」

「……你真的這樣想？」

「嗯……謝謝妳願意配合我，愛理沙。」

他能夠理解。

同時也很高興她按捺恐懼，配合他決定去打疫苗。

「又、又沒什麼……不是為了你。純粹是我覺得……都升上高中了還害怕打疫苗，很丟臉而已。」

愛理沙紅著臉……別過頭。

然後呼喚由弦。

「那個，由弦同學。」

「……妳想要獎勵？」

「……是的。」

愛理沙點了點頭……

由弦溫柔地將她擁入懷中。

然後……

「嗯……」

按照愛理沙的要求，深深吻住她。

番外篇　在萬聖節扮成「貓」的愛理沙

萬聖節當天——

不小心惹怒愛理沙的由弦向她道歉……拿出迫切希望她戴上的東西。

「……其實我買了貓耳。」

是貓耳髮箍。

去年的貓耳很可愛，所以今年他也想請愛理沙戴戴看。

可以的話還想拍張照。

由弦本來覺得一開始就惹愛理沙生氣，要她同意這個要求可能有困難……

但她一下就原諒他了，看這情況說不定有機會。

至於愛理沙的反應……

「……由弦同學希望我戴貓耳嗎？」

她的表情有點驚訝。

不過，看起來並不排斥，反而很高興的樣子。

「……可以的話，我想再看一次……不行嗎？」

「……我想想。」

愛理沙想了一下……回答道：

「……總之，用不到那個貓耳。」

見愛理沙給予否定的回覆，由弦不禁有些消沉。

「是、是喔……？」

由弦沮喪起來。

愛理沙最近不知為何配合度很高，他還以為她會願意戴上……看來是沒希望了。

他才剛這麼想……

「因為我帶了自己的扮裝道具過來。」

「咦？」

「那麼……我去換衣服了。」

語畢，愛理沙提起紙袋，走向更衣室。

關上門之後，她把門打開一條小縫，從後面探出頭。

「不准偷看喔？」

「喔、喔……」

愛理沙跟平常一樣「裝模作樣」，再度關上門。

門後傳來衣物的摩擦聲。

似乎不是由弦那種套在衣服外面就完成的扮裝……
而是要脫光衣服再穿上去，頗為正式的扮裝。
（我可以期待嗎……？）
由弦雀躍地等待著……
房門敞開。
走出來的是……
「怎、怎麼樣？」
扮成「貓」的愛理沙。
不是布偶裝。
不如說跟布偶裝相反……非常暴露。
具體而言，她身上的衣服類似小可愛型的比基尼。
然而並非一般泳裝那種減少水的阻力的材質。
正好相反……上面有著蓬鬆的黑毛。
宛如貓毛。
穿在四肢上的貓爪手套及貓腳襪子，同樣有著蓬鬆的黑毛。
頭上戴著貓耳髮箍，臀部長出一條假尾巴。
除此之外什麼都沒穿。

纖細的肩膀、修長的四肢、可愛的肚臍、誘人的溝壑、雪白的肌膚……全都暴露在外。
打扮成這種……大膽模樣的愛理沙紅著臉，害臊地對由弦說：
「不、不給糖……就、就搗蛋，喵！」
「……我選搗蛋。」
「……可以嗎？」
「……可以喔？」
由弦稍微提高戒心。
愛理沙……刻意清了清嗓子，然後……
「那、那……要來嘍。」
語畢，她抱住由弦的身體。
頭髮散發洗髮精的香味。
「呃……愛理沙……唉、唉唷……」
由弦忍不住驚呼，因為愛理沙抱著他……將身體壓上來。
由弦抱著愛理沙慢慢坐下。
儘管如此，她仍未停手……
「愛、愛理沙……？」
「……」

她推倒了由弦。

回過神時，愛理沙已經騎在由弦身上。

魄力十足的雪白豐胸微微晃動。

「那、那個……」

「喵、喵——！」

愛理沙滿臉通紅，發出那樣的叫聲。

接著倒在由弦身上。

「等、等一下……愛、愛理沙……」

「貓咪聽不懂人話，也不會顧慮別人……喵、喵——！」

愛理沙瞬間變回人類，然後又變回貓咪。

她抱住由弦撒嬌，磨蹭他的身體。

白皙柔嫩的肌膚壓在身上，就算是由弦也陷入了混亂。

「那、那個，愛、愛理沙……我、我該怎麼做……」

「喵……」

愛理沙小聲叫了下，輕吻由弦的臉頰。

神情陶醉，低頭看著由弦的臉。

「……知道了。」

由弦輕輕把手放到愛理沙的後腦杓……將她擁向自己。
然後吻住愛理沙……給了她一個深吻。
「這、這樣……可以嗎？」
他挪開嘴唇問道……愛理沙搖搖頭。
她將臉埋進由弦胸前，用胸部貼緊著他的身體。
愛理沙把困惑的由弦晾在一旁，喵喵叫了一陣子……
用撒嬌的聲音說：
「想、想要摸摸喵……」
「瞭、瞭解……」
由弦輕輕撫摸愛理沙的頭，愛理沙貓馬上安分下來。
她舒服得瞇起眼睛。
由弦趁機緩緩坐起上半身。
愛理沙則用頭部磨蹭由弦的大腿——順便喵喵叫著——繼續任他撫摸。
「……差不多可以了吧？」
聽見由弦的問題……愛理沙停止動作。
然後抬頭瞥了由弦一眼……面紅耳赤地說：
「頭、頭以外的地方也要摸摸……喵。」

「……咦？那、那個……呃，具體來說……」

「喵——」

愛理沙沒有回答，一面模仿貓叫，一面把頭埋進由弦的腹部……擋住臉。

由弦想了一下……手伸向愛理沙那近在眼前的雪白背部。

「嗯，喵！」

他用手指沿著背脊撫摸，愛理沙叫出聲來。

但她沒有要抵抗的意思……不僅如此，尾巴（屁股）還搖來搖去。

由弦先是摸了她的背部和後頸好幾下。

「喵、喵……」

不知道是滿足了，還是癢到受不了……愛理沙扭動著身體。

然後仰躺在由弦的大腿上。

臉色通紅，兩眼泛著水光，對由弦露出豐滿的雙峰及平坦的腹部。

「喵、喵……」

愛理沙發出甜膩的叫聲，彷彿要求由弦摸她。

怎麼聽都是這個意思。

由弦緩慢地……把手伸向愛理沙的腹部。

「嗯啊……」

他沿著腹部的白色直線——平坦的腹肌——撫摸。愛理沙嬌聲喘息。
「喵……」
她模仿貓叫以掩飾過去。
之後，由弦用手指輕輕搔弄愛理沙裸露在外的肩膀、頸項、腋下和側腹。
愛理沙扭來扭去，一副既癢又害羞的模樣……卻沒有抗拒。
不僅如此，她還直接露出毫無防備的部位，讓由弦更好摸她。
「嗯，唔……喵、喵……」
摸到大腿內側的時候她也沒有抵抗，反而張開腳方便由弦摸她。
哪裡都可以碰，哪裡都可以摸。
彷彿如此表示。
因此由弦……
「……愛理沙。」
「……喵。」
「……可以摸嗎？」
看著愛理沙豐滿的部位詢問。
她的回答是……
「……喵。」

小聲叫了一下，別過頭。

我是貓，聽不懂你說的話，你對我做什麼我都不介意。

感覺這麼說著。

「……」

送到嘴邊的肉不吃，是男人的恥辱。由弦腦中浮現這句話。

他緩慢而慎重地……輕撫愛理沙的胸部，正確地說是蓋住胸部的軟毛。

「喵、喵……嗯！」

手指稍微用力，嬌聲便從愛理沙口中傳出。

柔軟的觸感從雙手的掌心傳來。

未婚妻……胸部的觸感。

「喵、喵……」

愛理沙害羞地別過頭，模仿貓叫。

看到她這個反應，由弦心底傳來強烈的罪惡感……

不敢再繼續摸她的胸部。

「……喵。」

愛理沙露出有點寂寞的表情，抬頭瞄向由弦。

由弦慢慢將嘴唇湊近可愛的未婚妻。

輕吻她的臉頰。

「喵……還要……喵。」

愛理沙以細不可聞的聲音向由弦索吻。

由弦接連親吻她的額頭、臉頰、脖子、胸口、腹部、大腿等部位，回應她的要求。

愛理沙羞得移開目光，發出微弱的喘息聲，不時像想起自己正在扮貓似的模仿貓叫。

這個過程重複了一段時間……

「……愛理沙。」

由弦不知何時把愛理沙壓在身下。

看起來像是推倒她。

他牢牢按住她的雙手，緩緩凝視她。

「看這邊。」

「……喵。」

愛理沙輕輕叫了聲，望向由弦。

他將自己的嘴唇……覆蓋在終於轉過來的她唇上。

沿著嘴唇移動，緊貼在其上，彷彿在確認她的唇形。

「嗯……」

愛理沙偶爾會用翠綠色的眼睛看著他，然後又害羞地閉上眼，重複這個行為。

「嗯、嗯！」
愛理沙瞪大迷濛的雙眼。
因為由弦把舌頭伸進她口中。
他推開愛理沙的舌頭，長驅直入。
「嗯、唔嗯……嗯……」
起初驚訝得兩眼圓睜的愛理沙，眼神逐漸朦朧。
她不知不覺也積極地動著舌頭。
不只舌頭。
兩人的胸部與下半身緊密貼合，互相推擠。
合而為一，分不清何者才是自己真正的身體……
由弦終於將嘴唇從愛理沙的唇上移開。
兩人的嘴唇之間，架起一座銀色的橋梁。
由弦……苦笑著說：
「……這樣分不清誰才是搗蛋的那一方呢。」
這句話讓愛理沙終於想起那個「設定」，尷尬地移開目光。
然後……輕聲呢喃：
「都這個時候了……不覺得怎樣都好嗎……喵？」

「……說得也是。」

兩人再度相吻。

後記

好久不見。我是櫻木櫻。

第六集出版，又更新了我的連載紀錄。

能走到這一步，也是多虧有各位的支持。謝謝大家。

那麼，關於第六集的內容，我個人認為比較接近第五集的後續。第五集是前篇，第六集是後篇的感覺。

於第五集揭曉的兩人之間的價值觀差異，在這一集姑且算是解決了。

我認為所謂的價值觀沒有那麼容易改變。

俗話說「江山易改，本性難移」。在長大過程中養成的道德、倫理觀及常識，是一個人最根本的部分，想必永遠不會改變吧。

而每個人的價值觀都會有細微的不同。

「不能殺人」這種觀念或許是世界共通……但餐桌禮儀可是千差萬別。

國境及宗教、文化、語言導致的差異自不用說，即使是同樣生活在日本文化圈的人，也會因為家庭跟地區而不太一樣。

我覺得最好不要刻意指出其中的差異，逼人家改掉。否定別人的價值觀，等於是否定對方的生長環境及半生，無論如何都會產生衝突。

若想建立良好的人際關係，最好不要干涉這方面。

真的很介意的話，應該跟對方保持距離。

然而，也會有想保持距離卻不能這麼做的時候。

例如結婚對象……

有人會說合不來就別結婚，不過有些事情要等結婚、同居後才會發現。

這種時候該如何是好……我懷著這樣的心情，寫下第五集、第六集。

……換成是我，會盡快跟合不來的人離婚。設停損點對人生來說是很重要的。

那麼差不多該向大家道謝了。

負責繪製插圖、角色設計的clear老師，這次也非常感謝您畫了那麼美麗的插畫、封面。

再次向參與本書製作流程的所有工作人員致上謝意。最感謝的是購買本書的各位讀者。

期待第七集還能再與各位相見。

國家圖書館出版品預行編目資料

一點都不想相親的我設下高門檻條件,結果同班同學成了婚約對象!?/櫻木櫻作；Runoka譯. -- 初版. -- 臺北市：臺灣角川股份有限公司, 2023.08-
冊；　公分

譯自：お見合いしたくなかったので、無理難題な条件をつけたら同級生が来た件について
ISBN 978-626-352-812-3(第6冊：平裝)

861.57　　112009565

Kadokawa Fantastic Novels

一點都不想相親的我設下高門檻條件，結果同班同學成了婚約對象!? 6

（原著名：お見合いしたくなかったので、無理難題な条件をつけたら同級生が来た件について 6）

2023年8月9日　初版第1刷發行

作　者：櫻木櫻
插　畫：clear
譯　者：Runoka

發行人：岩崎剛人
總編輯：蔡佩芬
編　輯：邱瓈萱
美術設計：吳佳昀
印　務：李明修（主任）、張加恩（主任）、張凱棋

發行所：台灣角川股份有限公司
地　址：104台北市中山區松江路223號3樓
電　話：（02）2515-3000
傳　真：（02）2515-0033
網　址：www.kadokawa.com.tw
劃撥帳戶：台灣角川股份有限公司
劃撥帳號：19487412
法律顧問：有澤法律事務所
製　版：尚騰印刷事業有限公司
ISBN：978-626-352-812-3

OMIAI SHITAKUNAKATTA NODE, MURINANDAI NA JOKEN WO TSUKETARA
DOKYUSEI GA KITA KENNITSUITE Vol.6

First published in Japan in 2023 by KADOKAWA CORPORATION, Tokyo.
Complex Chinese translation rights arranged with KADOKAWA CORPORATION, Tokyo.